Reticências

SOLAINE CHIORO

Reticências

SOLAINE CHIORO

Copyright © 2021 by Editora Globo S.A
Copyright do texto © 2021 by Solaine Chioro

Todos os direitos reservados. Nenhuma parte desta edição pode ser utilizada ou reproduzida — em qualquer meio ou forma, seja mecânico ou eletrônico, fotocópia, gravação etc. — nem apropriada ou estocada em sistema de banco de dados sem a expressa autorização da editora.

Editoras responsáveis **Veronica Armiliato Gonzalez e Paula Drummond**
Assistentes editoriais **Lara Berruezo e Agatha Machado**
Diagramação **Gisele Baptista de Oliveira**
Projeto gráfico original **Laboratório Secreto**
Revisão **Lorrane Fortunato**
Capa **Limão e Gisele Baptista de Oliveira**

Texto fixado conforme as regras do Acordo Ortográfico da Língua Portuguesa (Decreto Legislativo nº 54, de 1995).

CIP-BRASIL. CATALOGAÇÃO NA FONTE
SINDICATO NACIONAL DOS EDITORES DE LIVROS, RJ

C467r
Chioro, Solaine
Reticências / Solaine Chioro. - 1. ed. - Rio de Janeiro : Globo Alt, 2021.
176 p.

ISBN 978-65-88131-30-5

1. Ficção brasileira. I. Título.

21-71043
CDD: 869.3
CDU: 82-3(81)

Camila Donis Hartmann - Bibliotecária - CRB-7/6472

1ª edição, 2021

Direitos de edição em língua portuguesa para o Brasil
adquiridos por Editora Globo S.A.
R. Marquês de Pombal, 25
20.230-240 – Rio de Janeiro – RJ – Brasil
www.globolivros.com.br

*Para os meus pais,
por todo apoio e carinho.*

@caradaprefeitura:
Se a vida é justa, por que é tão difícil deixar uma camisa sem nenhum amassado?

@vidaspretas:
coitado

quem foi que te iludiu dizendo que a vida é justa?

@caradaprefeitura:
Eu gosto de manter minhas esperanças.

@vidaspretas:
calma, pq vc tá falando disso às duas da manhã?

@caradaprefeitura:
Não consigo dormir.

@vidaspretas:
e aí decidiu PASSAR ROUPA???

RETICÊNCIAS

@caradaprefeitura:

Eu sou um cara de gostos estranhos.

@vidaspretas:

ah, isso eu já tô sabendo desde o dia que vc disse que não assistiu ao terceiro filme do homem-aranha

@caradaprefeitura:

NINGUÉM GOSTA DESSE FILMEEEEE!!!!

@vidaspretas:

uma obra incompreendida

@caradaprefeitura:

Eu realmente não sei por que ainda falo contigo.

@vidaspretas:

eu te faço rir e ouço seus problemas

@caradaprefeitura:

Por um minuto achei que você ia dizer "problemas de pessoa branca" pra manter sua teoria.

@vidaspretas:

é uma teoria bem possível

catfish de uma pessoa fingindo ser negra na internet

acontece o tempo todo

@caradaprefeitura:
Onde?

@vidaspretas:
BLACKFISHING

joga no google

@caradaprefeitura:
Ok, eu não precisava passar por isso no meio da madrugada.

@vidaspretas:
viu?

mais um motivo pra gente se falar

vc aprende muito sobre a realidade do mundo comigo

@caradaprefeitura:
Não é estranho que isso aconteça sendo que a gente nunca se conheceu fora da realidade virtual?

@vidaspretas:
realidade virtual é realidade também, cara

@caradaprefeitura:
Eu sei.

@vidaspretas:
tudo que conversamos é bem real

quando a gente fica flertando igual a dois adolescentes é real

@caradaprefeitura:

> Por favor, me dá mais moral que isso. Eu acho que flerto bem melhor do que um adolescente.

@vidaspretas:

> vc quer que eu mande print daquela nossa conversa de umas semanas atrás quando vc mandou um "seu pai é padeiro?" do nada?

@caradaprefeitura:

> Você não me dá trégua nem quando eu tô insone um dia antes de algo importante acontecer pra mim.

@vidaspretas:

> verdade

> você tem a tal ~coisa importante~ amanhã

> VAI DORMIR

@caradaprefeitura:

> Eu sou ridículo e tomei café demais.

@vidaspretas:

> esse troço ainda vai te matar

@caradaprefeitura:

> Pelo menos eu morro feliz.

@vidaspretas:
eu vou dormir

não morre de noite

e boa sorte amanhã <3

@caradaprefeitura:
Obrigado. Boa noite!

Davi

Ele não esperava ter tantos problemas com a máquina de café logo no primeiro dia. Talvez fosse o destino querendo lembrá-lo da quantidade exagerada que ele já tinha consumido na noite anterior, mas o que mais Davi podia fazer se o sono estava começando a bater e ainda restavam cinco horas de expediente?

    Ele já tinha apertado o botão do café expresso pelo menos dez vezes e, depois da máquina fazer vários barulhos, nada aconteceu. Davi a chutou de leve e bufou frustrado. Uma xícara de café faria toda a diferença no aspecto cansado em seu rosto, que combinava perfeitamente com o estado da camisa xadrez amarrotada que tinha escolhido usar naquela manhã. As horas gastas no meio da madrugada tentando passar o tecido não ajudaram em nada, já que Davi acabou dormindo em cima da roupa e não teve tempo para escolher outra. Pelo menos conseguiu ajeitar o cabelo antes de sair, deixando os fios crespos com bastante volume, bem do jeito que gostava.

    — Esse troço sempre quebra — disse a moça loira de olhos azuis que havia apresentado o escritório para todos os temporários mais cedo. Seu nome era Ana Clara e, pelos três meses seguintes, ela seria a supervisora de Davi. — O café nem é muito bom, pra falar a verdade. É melhor tentar na máquina do segundo andar ou ir naquela confeitaria na rua de cima, mesmo.

Ana Clara se encostou na parede ao lado de Davi e cruzou os braços, encarando-o com um sorriso enorme no rosto. Fazia um tempo que ele não trabalhava em uma agência como aquela, e não se lembrava muito bem de como era interagir diariamente com outras pessoas. Ele já estava começando a entrar em pânico, sem saber como puxar assunto, mas Ana Clara tomou as rédeas da conversa:

— Desculpa não ter te dado mais atenção, é que a gente tá finalizando um projeto hoje e o cliente é muito exigente, por isso tá essa correria. A Patrícia precisou marcar umas reuniões de emergência e acabou que não consegui te ajudar mais.

Davi se sentiu nervoso só por ouvir a menção a Patrícia Santana, a atual diretora executiva da Eskina Produções, escolha do próprio Paulo César Braga, a mente por trás da criação da agência. Ele teve a oportunidade de conhecer sua chefe durante a entrevista, mas continuava sendo atacado por sentimentos intensos toda vez que lembrava para quem estava trabalhando.

A Eskina era uma das maiores empresas nacionais emergentes na área de marketing e propaganda, e todos conheciam a história de como um jovem começou sozinho, numa loja abandonada de esquina, o que se tornaria uma das agências de publicidade mais renomadas do país. Com o passar dos anos, a Eskina conquistou clientes fiéis e investiu nas relações com o mercado exterior para aumentar ainda mais sua credibilidade. Davi era fascinado tanto pela trajetória de Paulo César quanto pelo trabalho excelente de Patrícia em expandir a empresa, por isso via naquele emprego temporário a oportunidade perfeita para aprender o máximo possível. Sabia que ter uma empresa como aquela no currículo poderia ser útil no futuro e já estava cansado de seus trabalhos freelancer como *social media*, que nem pagavam tão bem assim para valerem a pena.

— Tudo bem — ele respondeu ao se lembrar da etiqueta básica de como sobreviver trabalhando em equipe: ser simpático. — A Manuela tem me ajudado bastante.

— Ai, a Manu é um amor, mas eu ainda me sinto mal de te deixar assim na mão de outra funcionária. Desculpa mesmo.

— Sem problemas — Davi respondeu, ajeitando os óculos. — Por enquanto eu tô conseguindo me virar. Não é muito diferente do trabalho que eu fazia quando era estagiário em outra agência.

— Que bom! Mas amanhã eu prometo que te dou um treinamento de verdade, tá?

Antes que Davi pudesse responder, uma voz desconhecida chamou Ana Clara e o rapaz se viu livre da interação com a supervisora, que precisou se afastar. Soltando um longo suspiro de alívio, ele caminhou pelo corredor e voltou ao escritório. A agência devia ter mais ou menos trinta pessoas trabalhando no local. O setor de produção ficava na última fileira de todas aquelas mesas, e era ali o lugar de Davi, redigindo posts, newsletters e qualquer coisa que os clientes da Eskina exigissem. Naquela primeira manhã, seu trabalho foi escrever algumas postagens sobre as novidades de uma novela brasileira; aquela emissora de canal aberto era uma das maiores clientes da agência.

Davi entrou na sala e sentou na cadeira que seria sua pelos próximos meses. O assento não era nada confortável, e o espaldar era tão barulhento que ele ficava tentando não fazer nenhum movimento brusco para não incomodar o resto do departamento. Sem contar, é claro, os repousos de braços que machucavam suas coxas, já que a cadeira era estreita demais.

Ele escutou Manuela se aproximar antes de vê-la. A jovem passou entre as mesas, pelo mesmo caminho que Davi tinha acabado de fazer, impulsionando sua cadeira de rodas o mais rápido que conseguia e levando algumas pastas no colo. Ela parou em frente ao monitor ligado à direita de Davi e abriu um enorme sorriso para o rapaz, ajeitando o curto cabelo castanho.

— Você demorou demais no café. Já tava achando que tinha fugido, o que eu cem por cento não julgaria — ela disse, posicionando melhor a cadeira e travando as rodas.

— Fiquei brigando com a máquina e, no fim das contas, nem tinha café — explicou Davi. — Tô pensando em como vou sobreviver até o fim do dia.

Manuela já tinha voltado a digitar algo em seu teclado, mas não parou de falar mesmo assim:

— Sabe, eu já decidi: você é meu temporário favorito.

Ele levantou as sobrancelhas, olhando rapidamente ao redor e encontrando Tomás e Luísa entretidos com o trabalho em seus computadores. Davi voltou a encarar Manuela, meneando a cabeça, e falou:

— Eu acho que você não deveria dizer essas coisas.

Ela deu de ombros.

— Não falei nada de mais. Eles são legais, só não são mais legais que você.

Davi sorriu ainda mais ao ouvir aquilo. Sendo uma pessoa introvertida, não era comum gostarem dele assim logo de cara. Sempre diziam que, de primeira, achavam que ele era arrogante ou algo do tipo. Saber que Manuela já o considerava alguém bacana, depois de algumas poucas interações, deixava-o ainda mais animado com o trabalho. Ele chegou até a pensar que talvez não fosse tão difícil assim sobreviver sem café.

— Eu tô muito lascada.

A afirmação, feita por uma mulher que puxou uma cadeira da mesa de trás e se sentou perto dos dois, o pegou de surpresa. Ele nem a tinha visto se aproximar e, apesar de seu tom murmurado, a voz dela estava carregada de ódio. Depois de conseguir se recuperar do susto, Davi finalmente voltou a atenção para a recém-chegada.

Ele ainda não a conhecia e tinha certeza de que se lembraria caso já a tivesse visto. O vestido amarelo-escuro combinava perfeitamente com o tom da pele dela – um marrom bem mais escuro do que a dele –, seu lábio inferior era maior e mais claro que o superior e o nariz redondinho e largo estava franzido em frustração. Parte de suas tranças finas e longas caía pelos ombros, enquanto a outra porção estava organizada num coque sobre a cabeça. Ela era, de longe, uma das mulheres mais lindas que Davi já tinha visto, e ele reagiu da única forma possível: virou novamente para o monitor e fingiu que ainda se lembrava do que estava fazendo.

— Você precisa ser sempre tão dramática, Jô? — perguntou Manuela.

— É sério! — a mulher disse em uma voz de choro, arrastando a cadeira em que estava para ainda mais perto da amiga e, consequentemente, de Davi.

O rapaz tentou ignorar o cheiro agradável de coco das tranças dela invadindo seu olfato e continuou digitando qualquer coisa em seu teclado, enquanto observava a interação das duas pelo canto do olho.

— Eu tava quase terminando o layout daquele banner infernal quando a máquina desligou — continuou ela. — Chamei o Beto pra ver, mas ele disse que dessa vez talvez seja a morte oficial do meu computador.

Ela encostou a cabeça no ombro de Manuela, que, tentando se manter focada no trabalho, comentou sem prestar muita atenção:

— Que triste. Descanse em paz, monte de peças velhas.

— Você não tá me levando a sério! — protestou a outra. — Eu tinha que entregar isso para a Patrícia antes da reunião das três horas. Não vai dar tempo!

Manuela revirou os olhos e finalmente voltou o rosto na direção da amiga.

— Pelo amor de Deus, Joana, tá tudo bem! Você sempre dá um jeito de resolver tudo e não vai ser diferente dessa vez. Além do mais, se atrasar, nem foi sua culpa! Aproveita que a Patrícia te adora e reclama desse monte de máquina velha que dá defeito toda semana! Quem sabe ela não te escuta e finalmente compra umas novas? — Após uma breve pausa, que foi preenchida por uma bufada de Joana, Manuela inclinou o corpo para alcançar as costas da cadeira de Davi, batendo seus dedos nela ao continuar: — Fala também que vocês merecem cadeiras melhores pra sentar, porque essas são um lixo e o Davi tá sofrendo desde o primeiro dia.

Ele abriu um sorriso para sua colega de trabalho, mas quando olhou para o lado, se deparou com Joana o encarando.

Estava tudo bem. Davi ficou encantado com o tom claro dos olhos castanhos dela e teve um pouco de dificuldade de focar em outro ponto, mas estava tudo bem.

— Você é um dos temporários — Joana constatou.

Ele assentiu.

— Isso. Davi.

— E essa é a Joana — Manuela apresentou, mexendo o ombro para afastar a cabeça da amiga. — Desde já peço desculpas por todas as vezes que ela vai vir aqui choramingar por coisas sem sentido.

— Não parece sem sentido — disse Davi. — Eu também ficaria nervoso se fosse comigo.

— Obrigada! — quase gritou Joana. — Viu, Piegas? Alguém que me entende nesse lugar!

Davi enrugou a testa, confuso.

— Piegas?

As duas viraram para ele, mas só Joana parecia animada com a perspectiva de poder explicar o que tinha dito.

— Ah, é o apelido da Manu desde a faculdade.

— Quando eu nem conhecia a Jô, então não faz o menor sentido ela embarcar nessa.

Joana balançou a mão para a amiga ficar quieta e continuou com os olhos fixos em Davi. Era meio hipnotizante quando o encarava assim.

— A Manuela é a pessoa mais brega que existe na face da Terra. No segundo ano do curso de Jornalismo, ela conheceu a Sayuri, uma menina do quarto ano de Letras. As duas começaram a ficar e minha amiga aqui, trouxa que só ela, se apaixonou rapidinho. As duas saíram algumas vezes antes da Manu decidir que era o momento certo de declarar todo seu sentimento do jeito mais brega possível: um poema autoral dedicado para o seu grande amor, escrito na parede grafitada do corredor do Centro Acadêmico.

Davi levantou as sobrancelhas sorrindo, enquanto Manuela escondia o rosto, envergonhada. Não era difícil notar como sua pele branca e sardenta estava bem mais avermelhada.

— Eu não lembro direito dos versos, mas era algo sobre as estrelas brilharem menos que os olhos da Sayuri e o sol ter inveja do sorriso dela. O título era: "Arriscando ser piegas". O apelido meio que surgiu naturalmente.

— Uau — reagiu Davi.

Manuela meneou a cabeça e mostrou seu rosto corado, dando de ombros.

— Eu nem tenho como me defender. Foi totalmente ridículo.

Joana riu, abraçando os ombros da amiga, e Davi disse:

— Não acho que foi ridículo. Eu admiro sua coragem, na verdade. Acho que jamais teria feito isso.

— Pois é, eu também não — concordou Joana. — Você é nosso exemplo, Piegas. Um dia eu vou ser tão ridícula quanto você.

Manuela revirou os olhos mais uma vez, mas tinha um sorrisinho em seus lábios quando mexeu os ombros de novo para afastar Joana de vez.

— Ai, vamos logo almoçar que você já me desconcentrou. — Ela destravou as rodas da cadeira e foi para trás, empurrando propositalmente a amiga.

Joana mostrou a língua para Manuela, mas levantou de onde estava, tendo um pouco de dificuldade de se livrar dos apoios de braço apertados. Apesar de ela ser um pouco mais gorda do que Davi e ter o quadril bem mais largo que o do rapaz, ele trocou um olhar simpático com Joana. Ela balançou a cabeça e murmurou:

— Inferno de cadeira feita só pra magros!

Ele riu e tentou pensar em algo para dizer, mas Manuela logo estava passando entre os dois e perguntando:

— Você quer vir com a gente, Davi?

Ele sorriu para as duas e negou com a cabeça.

— Valeu, mas eu prefiro terminar esse texto antes de comer.

Enquanto Manuela já se afastava pelo corredor, Joana apontou o dedo indicador para Davi, estreitou os olhos e disse:

— Amanhã você não escapa, novato. Vai almoçar com a gente e contar mais da sua vida.

— Pode deixar — ele concordou, rindo.

As duas se afastaram e Davi respirou fundo, um pouco agradecido pelo fim da distração, o que o deixaria voltar a trabalhar. Entre a aparência desconcertante de Joana e a conversa fácil com Manuela, ele sabia que poderia ter problemas para se manter focado no futuro. E, além delas, tinha mais alguém empenhada na tarefa de tornar sua vida no escritório mais social.

— Como tão indo as coisas? — perguntou Ana Clara, sentando na cadeira abandonada por Joana aproximadamente cinco minutos depois de as duas terem ido almoçar. — Alguma dificuldade?

Davi meneou a cabeça e forçou um sorriso.

— Tudo tranquilo até agora.

— Espero que a Joana e a Manu não tenham te atrapalhado muito. Aquelas duas são fogo quando começam a conversar!

— Não, elas não me incomodaram.

— Se algum dia incomodarem, pode falar comigo, viu?

— Pode deixar — Davi respondeu, sabendo que jamais faria algo do tipo.

— A Joana comentou algo sobre o layout que ela tava fazendo? A Patrícia achou que ia receber antes de sair para o almoço.

—Ah, eu acho que ela teve um problema com o computador.
Ana Clara arrumou a postura e fitou Davi de uma maneira intensa. O rapaz ficou sem graça ao perceber o sorrisinho maldoso que surgiu nos lábios finos de sua supervisora.
— Ela não terminou?
Uma onda de pânico invadiu Davi. Ele deveria ter falado aquilo?
— Acho que terminou, mas teve esse problema com a máquina.
O sorriso de Ana Clara aumentou e Davi ficou ainda mais apreensivo.
—A gente se fala depois, Davi. Obrigada pela informação.
A mulher se afastou, fazendo ecoar o tec-tec dos saltos no chão, um som que engatilhou ainda mais a ansiedade de Davi. Ele sabia que trabalhar em um escritório com tantas pessoas poderia ser algo repleto de dramas, e não queria se envolver em nenhum.

Davi estava prestes a entrar em um furacão de pensamentos negativos, imaginando todos os cenários horríveis que poderiam resultar daquela conversa, quando sentiu o celular vibrar no bolso da calça jeans. Assim que viu a prévia na tela, sentiu-se um pouco mais calmo.

@vidaspretas:
espero que vc esteja tendo um bom dia <3

Davi vivia conectado desde os quinze anos, quando seu pai comprou o primeiro computador da casa. Ele trabalhava com redes sociais há mais ou menos três anos e sabia da importância da internet na vida de todos, mas nunca teria imaginado o quanto uma mensagem simples, mandada por alguém que nunca tinha visto em toda sua vida, era capaz de lhe fazer tão bem.

Já fazia quase cinco meses que ele se comunicava com **@vidaspretas**, a ilustradora que Davi admirava e com quem entrou em contato quando trabalhava como *social media* na prefeitura de São Baltazar para fazer parte de uma campanha do Dia da Consciência Negra. Além das mensagens profissionais, os dois acabaram conversando sobre filmes, música, livros e tudo que gostavam e odiavam. A conexão foi rápida e, em menos de um mês, Davi já não conseguia passar um dia sem mandar mensagem para ela.

Qualquer pessoa teria aproveitado essa aproximação para propor que eles se encontrassem pessoalmente, ainda mais sabendo que viviam na mesma cidade, e Davi não fez diferente. O problema é que **@vidaspretas** não parecia concordar com a ideia. Ela disse que queria curtir mais as conversas livres de julgamento e tudo o que poderia vir de bom com aquele mistério. Foi meio frustrante no começo, mas Davi aceitou. Ele decidiu não ir atrás de quem lidou com o pagamento dela pelo trabalho na campanha e deixou que seu contato com a ilustradora se desse apenas por mensagens trocadas entre eles por suas contas profissionais do Instagram. Por muito tempo, Davi usou a conta da prefeitura para se comunicar com **@vidaspretas**, o que não era muito ético, mas seu freela naquele lugar não passou de dezembro e ele decidiu fazer uma nova conta chamada **@caradaprefeitura**. Sem fotos, sem nome, apenas um milhão de mensagens em privado que serviriam como prova do quanto os dois haviam se tornado importantes um para o outro.

Mesmo sem ter dado detalhes de sua vida, evitando falar sobre onde e com o que trabalharia, Davi estava feliz por **@vidaspretas** não ter se esquecido do quanto aquele dia seria importante. Ele sabia que sempre podia contar com ela, e esse pensamento o deixava mais feliz e com mais ânimo para aguentar as próximas quatro horas e meia de trabalho.

— Qual é o seu problema?!

Davi já estava na calçada na frente do prédio da agência quando ouviu a voz de Joana. A expressão brava em seu rosto e o brilho de irritação em seus olhos ao encará-lo não deixavam dúvidas de que algo estava errado.

Ele ajeitou as alças da mochila que carregava nas costas antes de perguntar:

— Como assim?

Joana caminhava batendo o pé com mais força do que era necessário, fazendo suas tranças dançarem para todos os lados. Quando a garota parou bem à sua frente, Davi só conseguiu reparar no quanto a altura dos dois era próxima.

— O que você tá querendo com esse tipo de comportamento no seu primeiro dia? Acha que vai te ajudar em algo?

Davi enrugou a testa.

— Eu não faço a menor ideia do que você tá falando.

— Ah, não? — ela perguntou ironicamente, cruzando os braços no peito e forçando um sorriso. — Você tentou me queimar repassando fofoquinha para a Ana Clara e esqueceu o que fez?

Ela não terminou?, a voz de Ana Clara ressoou na memória de Davi e o pânico voltou a atormentá-lo.

— Eu posso explicar...

— Nem tenta — interrompeu Joana. — Eu tava feliz por ter entrado outra pessoa negra na agência e também porque a Piegas disse que você era legal, mas, em menos de 24 horas, isso acontece! Eu podia ter perdido meu emprego, sabia?

— Joana, eu não tava tentando…

— O quê? Me fazer levar uma bronca monumental da nossa chefe? Porque foi isso que aconteceu! Eu não faço ideia de como você explicou a situação para a Ana Clara, mas a história chegou na Patrícia de um jeito absurdo! Eu nunca vi ela brava daquele jeito.

Davi jogou as duas mãos para o alto, rendendo-se diante do olhar furioso da jovem.

— Eu não tava tentando te prejudicar. Eu só respondi uma pergunta…

Joana não o deixou terminar, soltando uma risada sarcástica e ajeitando a alça da bolsa em seu ombro.

— É, na próxima vez, não se mete em nada.

Ele não teve tempo para pensar em uma resposta que o fizesse ser menos odiado naquele momento. Joana virou as costas e desceu a rua em passos rápidos, querendo criar distância entre eles o mais rápido possível.

Davi continuou parado, vendo-a se afastar e tentando entender tudo o que tinha acontecido. Ainda confuso sobre como tinha conseguido se meter naquela encrenca tão rápido, ele agradeceu por pelo menos ser dia de terapia e poder debater com sua psicóloga o que tinha se passado.

@caradaprefeitura:

Eu tive um dia horrível.

@vidaspretas:

o meu também não foi dos melhores

quer falar sobre?

@caradaprefeitura:

Foram só pessoas babacas no trabalho, ansiedade e vontade de largar tudo. Você?

@vidaspretas:

ah, o clássico combo

foi meio que a mesma coisa pra mim

sinto muito que tenha sido um péssimo dia

pareceu que a ~coisa importante~ era mesmo importante

@caradaprefeitura:

É, e foi. Mas aí a realidade veio logo me mostrar que nada é perfeito e eu deveria estar acostumado.

@vidaspretas:

sinto muito mesmo

@caradaprefeitura:

Tudo bem, não é sua culpa. E sinto muito pelo seu dia ruim também.

@vidaspretas:
eu acabei de encontrar algo que pode te ajudar

@caradaprefeitura:
O quê?

@vidaspretas:
bit.ly/musicascanalizar

@caradaprefeitura:
"Músicas para canalizar a raiva e a tristeza no trabalho e te salvar da demissão". Hahahaha Eu tô muito assustado com a precisão do nome dessa playlist.

@vidaspretas:
E A FOTO DE CAPA!!!!!

@caradaprefeitura:
Hahahaha É muito fofa! Não sei nem explicar como um dachshund nervoso e enrolado em um cobertor representa tudo o que eu sinto no momento.

@vidaspretas:
e as músicas ainda parecem muito com todos aqueles rocks tristes que vc disse que ouvia quando era adolescente

@caradaprefeitura:
SIM! Eu vou com certeza fazer muito bom uso disso. Obrigado.

RETICÊNCIAS

@vidaspretas:

hahahahaha de nada!

mas agora é sério

não deixe pessoas otárias fazerem vc se sentir mal!

vc é um excelente profissional, bom no que faz e não merece ouvir baboseira de ninguém

se quer um conselho meu, vc deveria aproveitar a primeira oportunidade pra mostrar pras pessoas que não vai se deixar afetar pela opinião delas sobre vc

@caradaprefeitura:

Você é incrível, sabia?

@vidaspretas:

sim, eu me esforço bastante pra manter esse padrão

@caradaprefeitura:

E aí está mais uma vez o seu ego do tamanho de todo o sistema solar.

@vidaspretas:

HUAHUAHUAHUA

É O MEU JEITINHO

@caradaprefeitura:

Felizmente, eu já estou acostumado e encantado com isso. Mas, enfim, talvez eu siga seu conselho. Obrigado pela conversa.

@vidaspretas:
ei

@caradaprefeitura:
Fala.

@vidaspretas:
não esquece que vc é incrível tbm, tá?

Joana

Suas tranças, ainda úmidas do banho, a estavam incomodando. Na verdade, elas eram apenas a ponta do iceberg da sua irritação naquela manhã.

Tudo começou quando sua mãe ligou logo cedo, acordando-a pelo menos uma hora antes do seu horário normal. Ela quase não falou nada enquanto a ouvia reclamar sobre como sua outra filha não estava ajudando em casa. Joana não se incomodava com o desabafo, sabia que a mãe não tinha muitas amigas e que era apenas com ela que podia tirar tudo do peito, assim como sabia o quanto sua irmã adolescente era impossível de lidar. Joana amava e sentia falta de morar na mesma cidade que as duas desde que se mudou para São Baltazar para fazer faculdade e por ali ficou, mas não tanta saudade ao ponto de querer se envolver naquele tipo de drama.

Depois ainda teve que aguentar Vanessa, sua colega de apartamento, reclamar de um cara babaca com quem tinha ficado na noite anterior. Joana era bastante solidária com as histórias de conquistas da amiga, mas não naquele estado, não naquela manhã. Ela ainda estava morrendo de sono.

Ouviu calada, só esperando a oportunidade perfeita para entrar no banho e poder ir para o trabalho.

Chegando lá, as coisas só pioraram, como era de se esperar. Joana nunca foi profundamente apaixonada pelo que fazia. Gostava da Eskina e achava Patrícia uma boa chefe. Tinha a sorte de ter conhecido pessoas como a Piegas, de quem se tornou uma grande amiga, mas nada daquilo lhe fazia parar de sentir que estava perdendo tempo naquele lugar. Não era nem sobre o trabalho em si — ela não se incomodava em fazer o serviço de web designer, mesmo que isso tomasse um pouco do tempo de investimento na própria arte. Mesmo na correria, ela ainda conseguia algumas horas para fazer ilustrações e postar em sua conta profissional.

A **@vidaspretas** tinha crescido muito mais do que ela havia imaginado quando começou a postar os seus desenhos. Pouco mais de dois anos de existência e o número de seguidores era bastante promissor, assim como todos os comentários que ela recebia de pessoas que pareciam adorar sua arte. Ainda era surreal para Joana imaginar que tanta gente estivesse interessada no que ela fazia, mas ela tinha aprendido a não se deixar engolir por esse sentimento. Parte do motivo de ela nunca postar nada sobre a vida pessoal — nem fotos, nem autorretratos, nem nome verdadeiro — era que sua conta ficava reservada só para sua arte e isso a deixava um pouco menos pilhada com a atenção.

O problema de seu trabalho era, na verdade, o ambiente como um todo. Sim, tinha pessoas que ela amava e admirava, mas o lugar também estava repleto de outras que pareciam interessadas em tornar suas horas no local um inferno. Jader, um outro designer, não perdia a oportunidade de fazer comentários babacas sobre qualquer coisa que viesse em sua cabeça.

Caio, um dos técnicos de informática e um completo otário, sempre puxava as piadas homofóbicas no escritório. Davi, o temporário de conteúdo, parecia ser legal, mas não demorou para mostrar as asinhas, entregando-a para uma das pessoas mais odiosas daquele lugar. Ana Clara com certeza era o maior motivo de Joana não aguentar mais trabalhar na Eskina.

As duas tinham entrado na agência mais ou menos na mesma época, tinham conquistado seus atuais postos como sênior com uma trajetória parecida e Patrícia estava sempre igualmente orgulhosa das duas. O problema começou quando Ana Clara decidiu que precisava ser a única recebendo atenção da chefe, ficando incomodada sempre que o trabalho de Joana era elogiado. Depois disso, trabalhar com ela se tornou um inferno. Se não precisasse do dinheiro para pagar o aluguel, Joana com certeza já teria sumido dali.

— Pronta para a reunião? — Piegas perguntou, atravessando o corredor para chegar perto da mesa da amiga.

Joana virou-se para ela, fazendo um biquinho e choramingando.

— Eu tenho mesmo que ir?

Sua amiga fez uma careta, revirando os olhos, e carregou as palavras com sarcasmo:

— Não, Jô. Metade desse novo projeto vai ficar nas suas mãos, mas acho que a Patrícia não vai se incomodar de não te ter lá.

Piegas tinha razão, mas nem por isso Joana deixou de bufar ao pegar o caderninho de anotações e seguir a amiga pelo corredor que dava até a sala de reuniões.

— Eu espero que a Ana Clara evite me encher hoje, porque eu tô com sono e sem paciência — Joana disse durante a curta caminhada.

— Sono por quê? Passou a madrugada conversando com o seu *webnamorado* de novo?

Joana mostrou a língua para Piegas, mas não conseguiu afastar o sorriso dos lábios. Sua amiga tinha acertado em cheio, e as duas sabiam disso. Não era a primeira, nem a segunda vez que Joana passava bem mais tempo do que era seu costume acordada, tudo por ser incapaz de dizer "boa noite" para o **@caradaprefeitura** e ir dormir. Vinha sendo assim havia cinco meses, desde que ele entrou em contato para fechar uma parceria de campanha. Quem diria que o *social media* da prefeitura da cidade seria tão interessante? Joana com certeza não estava esperando por todas as conversas espirituosas que trocariam e o quanto se tornaria mais e mais interessada em ouvir o que ele achava sobre qualquer coisa.

Esse cara, que ela não sabia como aparentava ou se chamava, vinha sendo uma das pessoas mais importantes e presentes em seus dias. Era muito raro que os dois passassem vinte e quatro horas sem se falar, e Joana já não sabia o que era assistir a um filme sem logo em seguida lhe contar suas impressões. Tudo entre eles era agradável e ela queria que nunca terminasse.

— Ele não é meu namorado — ela respondeu antes de entrarem na sala vazia. Joana se posicionou atrás da porta e a manteve completamente aberta para as rodas da cadeira de Piegas não esbarrarem em nada. A amiga abriu a boca quando passou por Joana, mas ela a interrompeu antes que a outra dissesse algo: — Nem *webnamorado*! Não estamos num relacionamento, Piegas.

— E por que não mesmo? Até onde eu sei, vocês dois tão caidinhos um pelo outro, só falta se encontrarem pra darem uns beijos.

Piegas se posicionou no mesmo lugar que sempre ficava quando participava de uma reunião e Joana sentou na cadeira ao lado dela, jogando seus pertences sobre a mesa.

— Eu não quero complicar a situação.

— Como isso aconteceria?

— Sei lá. Não sabemos se a gente ia dar certo fora da internet.

— E nunca vamos saber se não tentarem. Pelo amor de Deus, Jô, como você vive assim? Achei que com 24 anos as pessoas deveriam agir com mais maturidade. Esse cara pode ser *qualquer* pessoa!

Joana já tinha passado por aquele estágio. Andar nas ruas e prestar atenção nos rostos de todos que encontrava, se perguntando se algum deles poderia ser o **@caradaprefeitura**. Sorrir mais do que o normal para o atendente do restaurante onde sempre almoçavam, porque... quem sabe? Várias vezes. Ter certeza de que o cara que trabalha na cafeteria estava lhe olhando demais por ser o seu conhecido misterioso? Culpada. Foram dois meses de pura paranoia. Agora ela estava livre desse pensamento, porque sabia que, apesar de São Baltazar não ser uma cidade grande, as chances reais de os dois se esbarrarem por acaso eram mínimas.

A porta abriu de repente e Davi entrou na sala, sem jeito ao perceber a presença delas ali. Ele abriu um sorriso sincero ao cumprimentar Piegas, mas quando seus olhos encontraram Joana, Davi apenas mexeu a cabeça desajeitadamente, fechando a porta com pressa e indo se sentar bem de frente para as duas. O lugar não era tão grande e a mesa de reunião também não, então ele não tinha muita escolha. Mesmo assim, Joana estreitou os olhos ao vê-lo sentar bem na sua linha de visão.

— A Patrícia chamou os temporários para a reunião também? — Piegas perguntou amigavelmente.

— Não, a Ana Clara que pediu pra eu acompanhar ela hoje — ele respondeu. — As duas já tão chegando.

Joana precisou se controlar para não reagir de algum modo que demonstrasse o quanto ela ficava irritada com a simples *menção* ao nome de Ana Clara. Ainda mais vindo de Davi, a nova pessoa favorita daquela mulher odiosa. Ele tinha aquele jeito de rapaz quietinho, sempre ajeitando os óculos de lentes quadradas, falando apenas o necessário, vestindo quase sempre camisa xadrez e calça jeans, sem nenhum fio desalinhado no seu black perfeito, um tom de voz melodioso e um sorriso que transmitia calma e paz. Joana sabia que o adoraria na mesma intensidade que Piegas se não fosse a lembrança de ele ter ido contar o que não devia para Ana Clara.

E ainda tinha aquele perfume meio cítrico que ele usava todos os dias. O cheiro era tão marcante que, em menos de um minuto no mesmo ambiente que Davi, Joana já começava a sentir sua rinite alérgica dar sinal de vida. Ele levantou a cabeça em sua direção bem na hora que ela coçava o nariz, incomodada.

A porta se abriu novamente e Patrícia entrou na sala acompanhada de uma sorridente Ana Clara. Joana se aborreceu com aquele sorriso, sentimento que ficou ainda maior quando a jovem fez questão de lhe lançar um olhar quase ameaçador. O esforço que Ana Clara fazia para deixar nítido o quanto ela não gostava de Joana era quase admirável. Até mesmo Piegas, que achava a amiga exagerada ao desgostar tanto de Davi por um "deslize inocente", concordava que Ana Clara não prestava e estava mais do que preparada para puxar o tapete de quem quer que atravessasse o seu caminho.

— Boa tarde, todo mundo — começou Patrícia, sentando-se na ponta da mesa e abrindo um sorriso carinhoso para todos os presentes. — Vamos começar? Ainda tenho uma reunião com o pessoal da unidade da capital. Inclusive, acho que vou ter que ir mais cedo do que imaginei pra São Paulo, então vamos falar um pouco disso também.

Patrícia não só era uma ótima chefe, como também uma excelente profissional no geral. Não havia problema que ela não conseguisse resolver com criatividade e comprometimento. Sempre conseguia convencer os clientes sobre o que seria melhor para suas empresas, e ainda fazia a fama da Eskina aumentar mais e mais. Ela era a frente da agência já há alguns anos, assumindo o lugar de Paulo César depois de uma longa carreira na área. Uma mulher indígena era responsável por tudo o que acontecia ou deixava de acontecer na Eskina. Joana se sentia orgulhosa da chefe que tinha.

Naquela tarde, Patrícia explicou para eles como funcionaria a campanha de Carnaval que a emissora de televisão queria organizar. O trabalho era meio complexo e não muito interessante. Joana já podia sentir a dor de cabeça que teria com tudo o que precisaria fazer e as prováveis horas extras que trabalharia. Passou a reunião inteira apenas respondendo quando alguém lhe perguntava algo, pois, além de nem querer estar ali, o sono da noite mal dormida estava começando a se manifestar.

— Não se preocupa, Patrícia — Ana Clara disse ao fim da reunião, quando todos já juntavam seus pertences para ir embora. — Vamos dar nosso melhor e vai sair um trabalho incrível!

— Eu não tenho a menor dúvida, Ana Clara, mas agora eu pre…

— Posso só sugerir uma alteração? — Ana Clara voltou a falar, interrompendo Patrícia e chamando para si a atenção de todos da sala.

— Pode... — A voz da chefe soou hesitante.

— Eu só acho que talvez seja melhor mandar o Jader pra produção durante esse projeto. Ele teve uma experiência boa quando precisamos dele lá e acho que vamos precisar de mais ajuda nessa fase.

Joana pigarreou e apertou a caneta entre os dedos antes de falar:

— O Jader é a única pessoa comigo e com a Célia no design. O Renato tá de férias até o fim do mês, lembra? Eu sei que o Jader é ótimo na produção e que ele já trabalhou um tempo com vocês, mas nós vamos ficar bem mais sobrecarregados do que vocês sem ele.

Patrícia olhou de uma para outra, avaliando quem tinha o melhor argumento, mas antes que ela desse o veredicto, Joana já sabia o que teria que encarar. Afinal, aquele dia estava sendo péssimo e ela nunca duvidou de que teria como piorar.

— Eu acho que a Ana Clara tá certa, Joana. A gente vai ter muito texto pra escrever nessa campanha. Deixar Ana Clara, Manu e os temporários sozinhos na produção pode não ser a melhor ideia. Você e a Célia dão conta, né?

A pergunta foi retórica e todos ali sabiam disso. Joana forçou um sorriso e tentou não quebrar a caneta ao concordar contra sua vontade:

— A gente dá um jeito.

— Ótimo!

Patrícia saiu satisfeita da sala, mas não mais do que Ana Clara, que teve até mesmo a audácia de mexer os dedos em um tchauzinho cínico antes de acompanhar a chefe. Piegas apertou o braço da amiga para tentar mantê-la calma e Joana respirou fundo, se esforçando para controlar um pouco sua frustração. Quando as duas estavam se aproximando da saída, Davi se apressou em passar na frente delas para segurar a porta aberta para ambas. Piegas passou primeiro, levantando o rosto para sorrir em agradecimento ao rapaz, mas Joana preferiu fingir que ele nem estava ali.

— Espera.

O pedido de Davi veio acompanhado dos seus dedos no cotovelo de Joana, tocando sua pele delicadamente. Antes daquele momento, ela era uma daquelas pessoas que diziam nunca ter sentido o tal "choquinho" que alguns descreviam de vez em quando. Nada. Nunca. Joana sempre foi fascinada pelo conceito e tinha curiosidade de saber como era a sensação.

Naquele instante, quando os dedos de Davi roçaram em seu braço, todos os pelos na sua pele se arrepiaram e uma onda estranha de energia percorreu a região. Joana se afastou no mesmo instante, esfregando o cotovelo e vendo Davi flexionar os dedos, sinal de que ele também tinha sentido.

— Fala — ela disse, seca, querendo desviar a atenção do acontecido.

— Eu só queria pedir desculpa por isso. — As palavras não fizeram muito sentido para Joana, e Davi, percebendo, continuou: — Quando eu perguntei pra Ana Clara se a gente não teria ajuda nesse projeto, não tava pensando nisso. Achei que ela ia tentar pedir pra contratarem outro temporário ou algo assim.

Ela não podia acreditar no que estava ouvindo. Aquilo era real? Suas sobrancelhas subiram tão alto que sua testa até doeu um pouco.

— Uau — ela disse, cruzando os braços na frente do peito. — Por que eu não tô nem um pouco surpresa por você estar *de novo* envolvido em algo que vai me prejudicar?

— Não foi de propósito — Davi se defendeu.

— Isso não importa muito agora, né?

— Eu só tô tentando me desculpar.

— Talvez, se você parasse de se meter no que não deve, precisaria se desculpar menos.

Ele jogou a cabeça para trás, fazendo o cabelo balançar com o movimento brusco e os óculos dançarem em seu rosto. Um suspiro longo escapou de Davi antes de ele voltar a encará-la.

— Eu sei que você ficou brava comigo por causa daquele dia, mas eu já me desculpei e tenho tentado ser legal contigo. Por que você não pode só deixar pra lá?

— Pra quê? Pra você entregar mais informações sobre mim pra Ana Clara? — Joana estalou a língua nos dentes. — Dispenso.

— Eu não... Quer saber? — O olhar meio desesperado de Davi sumiu repentinamente. — Eu desisto. Eu fiz *uma* besteira, pedi desculpa e tentei fazer as coisas darem certo, mas você não tá interessada. Tudo bem. Não vou mais continuar perdendo meu tempo com quem não quer me ouvir.

Joana estava pronta para responder com algum comentário sarcástico, mas o rapaz não ficou ali para ouvir. Davi passou pela saída, batendo a porta atrás de si. Joana escancarou a boca, sentindo-se ofendida com aquele ato rebelde do temporário. Ela até teria ido atrás dele para resolverem aquilo de uma vez, mas não tinha paciência para mais nada naquele dia.

Joana deixou a sala de reuniões vazia para trás e voltou para a sua mesa, observando Ana Clara conversar com Jader pelo canto do olho. Não perdeu seu tempo com os dois e ligou o computador assim que sentou na cadeira. Antes de começar a se irritar com a máquina lenta (porque nada estava querendo dar certo naquele dia), Joana ouviu o alerta de uma nova mensagem.

Já imaginando quem poderia ser, ela conferiu o celular com um sorriso no rosto.

@caradaprefeitura:
> Espero que o seu dia esteja melhor que o meu. Não vejo a hora de chegar em casa e poder passar umas boas horas conversando contigo. Talvez a gente consiga assistir a um filme juntos?

Se imaginar mais tarde no conforto da sua cama, assistindo a um filme no notebook e comentando tudo com o **@caradaprefeitura** fez seu coração ficar menos triste. Pelo menos ela teria algo positivo para esperar daquele dia. A sensação boa que invadiu seu peito foi tão intensa que ela se perguntou se Piegas estava certa sobre eles. Não que Joana não tivesse se questionado antes sobre seus sentimentos por aquele estranho tão conhecido, mas, dia após dia, tudo se tornava maior e melhor, e estava ficando cada vez mais difícil não se perguntar o que exatamente estava acontecendo. Até mesmo por esse motivo ela achava mais seguro eles continuarem apenas com o contato virtual. Quem poderia saber o tipo de confusão que sairia daquela mistura de sentimentos?

— Acho melhor você passar menos tempo no seu celular e mais tempo tentando fechar o seu projeto atual. — O comentário de Ana Clara fez Joana virar o rosto em sua direção, mas ela só continuou repetindo para si mesma mentalmente vários mantras para não se estressar. — Ia ser um desastre se atrasasse e juntasse com o do Carnaval, né? Ainda por cima com menos gente pra te ajudar.

Joana apertou os dentes, enrijecendo o maxilar enquanto via Ana Clara se afastar, sorridente. Não eram poucas as vezes que se pegava se perguntando o sentido de ter que passar por tudo aquilo nessa vida. Era impossível ter um propósito em ter que aguentar aquele tipo de afronta.

@vidaspretas:

algumas vezes vc se pergunta qual o nosso propósito na vida e pq estamos todos aqui no mundo, vivendo durante esse mesmo intervalo de tempo?

@caradaprefeitura:

Você tá bêbada?

@vidaspretas:

não!!!!

@caradaprefeitura:

Certeza? Você sempre manda mensagens profundas quando tá bêbada.

@vidaspretas:

NÃO TÔ!

apenas reflexiva

@caradaprefeitura:

Bom, respondendo sua pergunta: eu não faço a menor ideia.

@vidaspretas:

obrigada

foi a resposta mais inútil que já recebi

@caradaprefeitura:

Hahahahahaha Mas eu também não acho que a gente precisa saber.

RETICÊNCIAS

@vidaspretas:

eu preciso!!!!

fico meio noiada achando que minha vida não tem propósito nenhum e que tô deixando de fazer algo que eu deveria estar fazendo

@caradaprefeitura:

Mas e se você soubesse o que precisa fazer? Não ia dar na mesma? Você não ia deixar a vida passar pra focar 100% no seu propósito principal?

@vidaspretas:

mas o meu propósito principal seria a minha vida!

@caradaprefeitura:

Claro que não! A vida é o que a gente faz dela, o que pode ser um milhão de coisas diferentes. Se você tira todas as pequenas jornadas que te levam até o destino final, você tá tirando todo o motivo daquela trajetória existir pra começo de conversa. São os desvios no caminho que fazem você ser quem é. E tudo isso é a vida.

@vidaspretas:

vc tá fazendo parecer mais interessante do que realmente é

@caradaprefeitura:

Hahahahahaha Eu concordo contigo que muitas vezes a gente não consegue perceber isso, mas, vai por mim, você não está fazendo nada de errado nem deixando a vida passar sem propósito. A vida passar é o propósito.

@vidaspretas:

mas é difícil mandar embora essa sensação

@caradaprefeitura:

Eu sei. Não quis fazer parecer fácil. Só tô tentando te ajudar a perceber que você pode estar perdendo o panorama da situação toda.

@vidaspretas:

é, eu sei que vc tá certo

perco isso de vista algumas vezes

até pq tudo parece tão chato que eu até meio que gostaria de ir viver em outra época

quando a parte ruim já tiver passado.

de preferência quando já existirem carros voadores

@caradaprefeitura:

Hahahahaha Com isso eu não posso argumentar. Mas, particularmente, sou muito grato por poder viver agora e ter a oportunidade de te conhecer. Não trocaria isso por nada.

@vidaspretas:

uau

vc quer tanto me beijar assim?

@caradaprefeitura:

HAHAHAHAHA Eu não acredito que você estragou meu momento filosófico e carinhoso!!!!!

@vidaspretas:

desculpa, mas pareceu muito que vc quer me beijar!!!! HAUHAUHUA

@caradaprefeitura:

Hahahahahaha O pior de tudo é que você sabe a resposta.

@vidaspretas:

Davi

Preocupado em não se atrasar naquela manhã, ele acabou esquecendo a marmita em cima da mesa. O combo perfeito de arroz à grega, brócolis, salada de tomate, chuchu recheado e a farofa de cebola maravilhosa de sua mãe havia ficado para trás. Davi ficou triste só de pensar no que perderia, mas o sentimento se agravou quando se deu conta do que significava não levar sua comida para o trabalho.

Davi só conseguia comer tranquilamente perto de pessoas com quem se sentia confortável. Por isso, ele preferia deixar o vale refeição para usar com os pais, pedindo comida em casa, e levar sua marmita pronta, para comer no refeitório num horário em que mais ninguém estivesse por perto.

Depois de uma adolescência inteira ouvindo parentes e pessoas que considerava amigas fazendo piadas sobre ele precisar controlar a boca, Davi não conseguia conter a multidão de vozes que surgia em sua cabeça quando comia em público. Ele sabia que metade disso era sua ansiedade e que a maioria das pessoas nem se importava com sua presença, mas o desconforto sempre dava as caras. Ele vinha abordando isso na terapia, mas sabia que ainda tinha um longo caminho pela frente.

Ainda assim, pensar no que faria na hora do almoço estava o atormentando desde que havia chegado na Eskina.

— Tá tudo bem, Davi? — perguntou Manuela ao lado dele, encarando-o com a testa franzida e um olhar preocupado. — Você tá meio distraído.

— Ah, tô bem, sim. Só pensando.

— Em algo importante?

— Na verdade, nem tanto. Tô pensando no que vou comer no almoço. Esqueci a marmita hoje.

— Que droga! Isso volta e meia acontece comigo no fim do mês. É só o vale refeição acabar e eu *precisar* trazer comida que esqueço completamente. Fico que nem palhaça tendo que gastar minha grana pra comer algo.

Davi riu baixinho.

— Bom, pelo menos eu trouxe um dinheiro a mais hoje.

— Menos mal! Você quer ir almoçar comigo?

Davi ajeitou os óculos no rosto, tentando pensar na melhor forma de recusar o convite. Manuela, antes de ouvir qualquer negativa, soltou uma risada alta que chamou atenção até dos outros temporários.

— Pode ficar tranquilo, Davi, vamos ser só eu e você. A Joana vai ter uma reunião e falou pra eu ir sem ela. Pra dizer a verdade, vou adorar não ter que comer sozinha.

Aquele não era o real motivo da hesitação dele, mas não deixava de ser um bom motivo. Tudo o que ele não precisava era passar uma hora com Joana o encarando como se quisesse matá-lo. Isso com certeza seria desconfortável, mais ainda do que simplesmente comer com outra pessoa. Mas como dizer "não" para Manu? Ela estava sendo tão legal com ele desde que tinha chegado na Eskina e era genuinamente uma das pessoas mais engraçadas e queridas que ele havia conhecido. Não queria que ela achasse que sua companhia não era desejada.

Bom, talvez não fosse tão ruim. E sua terapeuta com certeza ficaria contente em saber que ele havia dado um passinho para fora da sua zona de conforto.

Davi respirou fundo, repuxou os lábios em um sorriso e respondeu:

— Ok, eu almoço com você hoje!

— *Yeeeeees*!

O *Sra. Mama's* era um dos restaurantes mais frequentados pelo pessoal da agência. Davi sempre ouvia todos os colegas falando sobre como a comida era maravilhosa, mas ainda não tinha tido a oportunidade de prová-la. Assim que entraram no lugar, o estômago dele roncou com o cheiro delicioso das diferentes comidas dispostas no self-service. Antes mesmo de fazer o prato, Davi teve certeza de que todos os elogios eram bem fundados.

— Meu Deus, eu não acredito que você ainda não comeu aqui! Não vejo a hora de saber se você amou ou *amou* a comida do *Mama's*.

Manuela estava tão empolgada que seus olhos até brilhavam, e Davi quase esqueceu seu nervoso de comer com a colega.

— Ouço falar tão bem daqui que as expectativas estão altas — comentou Davi.

Manuela riu, seguindo com a cadeira entre as mesas lotadas em direção ao fundo do restaurante. Davi carregava as duas bandejas com os pratos feitos e a latinha de guaraná da amiga, andando lentamente para não derrubar nada.

— Eu e Jô sempre ficamos lá no fundo, que é mais vazio e menos barulhento — explicou Manuela quando percebeu que Davi olhava para os lugares vagos que deixavam para trás.

— Ah, ótimo — murmurou ele em um alívio verdadeiro.

Quanto menos gente por perto, mais confortável ele se sentiria.

Eles se sentaram na mesa mais afastada, Davi ficando de costas para o resto do restaurante e tendo que lidar apenas com o olhar de Manuela. No fim das contas, essa acabou sendo uma tarefa bem mais tranquila do que ele havia imaginado. No começo ficou meio nervoso, dando garfadas lentas na comida, mas logo o papo descontraído e engraçado de Manuela o fez relaxar. Ele nem ao menos percebeu quando chegou ao fim da refeição.

Ao contrário da dele, a comida de Manuela ainda estava quase toda no prato, porque a jovem mais falava do que qualquer coisa. Ele não julgou. Estava contente por estar tendo a oportunidade de conversar mais com a colega fora do trabalho. Manuela era divertida e carinhosa, não parava de contar histórias engraçadas e perguntar de um jeito afetuoso sobre a família de Davi. Para alguém sem muitos amigos e com pouca desenvoltura social, ele estava feliz por se sentir tão bem com a nova amiga.

Davi pediu um café logo que a garçonete passou pela mesa, desesperado por uma dose de seu combustível, e era pelo retorno do seu pedido que ele esperava quando alguém parou ao seu lado e fez Manuela parecer meio surpresa.

Não era a garçonete.

— Ai, ainda bem que você ainda tá aqui, Pi…

Os olhos de Joana encontraram os de Davi e ficaram presos ali. Ele quis sumir na mesma hora, mas continuou parado bem onde estava. Pelo menos já tinha acabado de comer.

Joana coçou o nariz fazendo uma careta suave. Um frio desceu pela coluna de Davi, como acontecia toda vez que Joana fazia aquele gesto perto dele.

— Achei que você tinha reunião agora — disse Manuela, tentando acabar com o clima estranho que se instalou com a chegada da amiga.

— A Patrícia desmarcou — explicou ela, sentando-se na cadeira ao lado de Manuela e ainda encarando Davi. — E você me substituiu por *ele*?

— A gente não tá na quinta série, Jô, por favor, né?! — censurou Manuela.

Davi respirou fundo, sem ânimo para rebater, e disse:

— Acho que já vou indo, então…

— Não, que isso?! Você acabou de pedir o café, espera pelo menos ele chegar. Não liga pra Joana, não, ela vai se comportar.

Ele não tinha certeza se deveria ou não ficar ali, mas não queria contrariar Manuela. Joana, por outro lado, pareceu ofendida pela amiga, e a encarava com a testa franzida.

— Ei! Eu sempre me comporto. Ao contrário de *certas pessoas*, sei muito bem como ser alguém legal e não dedurar colegas pra chefe.

— Argh, isso de novo? — perguntou Manuela, revirando os olhos. — Não tá na hora de superar, não?

— Você fala isso porque não teve que levar uma bronca da Patrícia.

— Eu já disse que não era minha intenção — Davi tentou se defender.

Joana ajeitou o coque que suas tranças formavam no topo da cabeça e bufou.

— Tanto faz, não vamos falar mais disso.

— Ótimo, vamos falar sobre o aniversário da Sayuri!

RETICÊNCIAS **51**

Joana pareceu relaxar com a mudança de assunto, o que fez Davi também ficar mais tranquilo. Ele não queria precisar levantar a guarda depois de ter passado um tempo tão legal com Manuela.

As duas começaram a conversar animadamente sobre quais comidas, bebidas e músicas tocariam na festa de aniversário da noiva de Manuela. Davi estava se sentindo meio desconfortável em ouvir o planejamento de um evento para o qual não tinha sido convidado, mas isso com certeza era melhor do que ficar discutindo com Joana.

Manuela pareceu se lembrar da presença do rapaz e se virou para ele sorrindo.

— Você super tá convidado, Davi! Não vai ter muita gente e prometo que você vai se divertir. Depois te mando meu endereço certinho. E a Sayuri vai amar finalmente te conhecer!

— Valeu, vou tentar ir — ele respondeu meio sem jeito.

Festas não eram seu forte. Festas cheias de desconhecidos, menos ainda, mas ele não iria recusar um convite feito de forma tão sincera por alguém que sempre era simpática com ele. Pelo menos não assim de primeira. Talvez inventasse uma desculpa no sábado, embora soubesse que sua terapeuta desaprovaria a decisão. Bom, ele pensaria nisso mais tarde.

— E falando em festa, a gente ainda precisa marcar nossa noite para assistir a filmes perfeitos — disse Joana animadamente para a amiga. — Tipo, *Mulher-Gato* com a Halle Berry. Ou *Elektra*!

Sem pensar, Davi deixou escapar um risinho baixo que chamou a atenção de Joana.

— O quê?

— Nada, só achei que você estivesse brincando — comentou ele.

— Por que eu estaria? Não se brinca com filme bom.

Davi meneou a cabeça, pensando em como aquele poderia ser o tipo de discussão que teria com **@vidaspretas**. Seus lábios até se apertaram nos cantos, querendo subir em um sorriso. Sem pensar que não estava falando com sua companheira, mas sim com Joana, ele rebateu:

— Talvez seja bom pra alguns tipos de pessoas.

Joana ergueu as duas sobrancelhas.

— Como é que é?!

Manuela grunhiu e empurrou a mesa, se movendo para trás na cadeira de rodas.

— Ah, que maravilha. Vocês encontraram outra coisa pra discutir. Ótimo — disse ela em tom irônico. — Vou no balcão pedir uma mousse que eu ganho mais.

Deixando Davi, Joana e um clima estranho na mesa, Manuela se afastou, manobrando a cadeira pelo restaurante agora um pouco mais vazio.

— Vai, fala. *Quais* tipo de pessoas você pensou?

— Eu não quis te ofender — respondeu Davi com um suspiro. — É só que esses filmes são… péssimos.

— Ah, e o que é filme bom? Aquelas produções novas da Marvel que nem são tão divertidas assim?

— Na verdade, eu não gosto muito de filmes de heróis.

Joana soltou uma gargalhada sem vontade nenhuma e se recostou na cadeira, não parecendo preocupada com a comida que esfriava no prato.

— Claro, você é uma daquelas pessoas pretensiosas que só assistem a filmes chatos. Eu devia ter adivinhado.

— Não existem filmes chatos.

Ela cruzou os braços.

— Isso é algo que uma pessoa que gosta de filmes chatos diria.

Davi sentiu-se irritado com a provocação.

— Chato não é um critério coerente de análise! Quem define o que é chato ou não?

— E quem define o que é bom ou não?

— Qualidade é diferente de chatice. Você pode muito bem analisar mil aspectos de um longa pra definir se ele é bom, critérios muito mais concretos do que achar algo *chato*.

Joana fechou os olhos, deixou a cabeça pender para a frente e soltou um pequeno ronco, abrindo os olhos depressa depois disso para fingir que tinha pegado no sono.

— Desculpa, eu cochilei quando você falou "longa".

Davi ajeitou os óculos no rosto.

— Bom, acho que não vamos chegar a lugar nenhum com essa conversa.

— Grande novidade...

— Não é como se fosse minha culpa.

— O quê? É *minha* culpa? Ah, não vem com essa. Foi *você* quem falou com a Ana Clara. Foi *você* que começou a criticar coisas que eu gosto do nada.

— Não é minha culpa os filmes serem ruins!

— E não é minha culpa você ser irritante!

Ele já estava cansado daquilo e ficava cada vez mais ansioso pela chegada do café. Seu horário de almoço estava quase acabando, e ele não queria passar mais tempo sozinho com Joana.

— Melhor a gente deixar essa conversa pra outra hora — sugeriu Davi.

— Isso. Quem sabe pra quando você aprender o que é legal de verdade.

Davi sentiu o rosto ferver de raiva, mas não se deixou tomar pela ansiedade latente. Respirou fundo e respondeu:

— Ótimo. Farei isso assim que você aprender o que é qualidade.

Eles ainda se encaravam furiosamente quando a garçonete do restaurante se aproximou. A mulher ficou meio sem jeito de interromper, parecendo sentir o clima pesado na mesa. Sem falar uma palavra sequer, ela deixou a xícara fumegante na frente de Davi e se afastou o mais depressa possível.

Ele desviou o olhar de Joana e focou no líquido escuro e quente que o aguardava. Café era a resposta. Café tornaria o seu dia melhor e o faria esquecer daquele momento. Café deixaria todo o seu corpo quente e esfriaria sua cabeça, tirando-o da irritação que sentia na presença da colega de trabalho. Café era tudo na vida de Davi.

— Esse negócio faz mal — comentou Joana quase como uma ameaça.

Algo ousado despertou dentro de Davi.

Ele sustentou o olhar de Joana e bebeu o café lentamente. Foi bem dramático e teatral, mas Davi não se arrependeu, até porque, em sua mente, ele se parabenizava por estar agindo de uma forma que provavelmente orgulharia **@vidaspretas** se ela estivesse ali.

Joana revirou os olhos e voltou a atenção ao seu almoço, causando um sentimento de vitória em Davi, que se levantou e voltou à agência sem se despedir.

@caradaprefeitura:
> Vamos ver um filme?

@vidaspretas:
> eu sei que já disse que vc é meu cinéfilo de estimação

> mas hoje mais do que nunca tô sem saco pra ver filme cult

> foi mal

@caradaprefeitura:
> Hahahaha A gente pode ver alguma coisa mais tranquila.

@vidaspretas:
> agradeço

> mas ainda tô desanimada

> trabalhei demais hoje

> e ainda tive que aguentar gente irritante

> minha vida é difícil

@caradaprefeitura:
> Ô, dó. Justo hoje que estou particularmente feliz?

@vidaspretas:
> pq? o q rolou?

> sonhou comigo?

@caradaprefeitura:
> Isso aí já virou até normal.

@vidaspretas:

awww brega!

mas fala aí

@caradaprefeitura:

Ah, nada de mais. Só me senti particularmente bem de não me curvar pra uma menina que está brava comigo no trabalho. Foi a segunda vez, na verdade. Nem imaginei que conseguiria me impor de alguma forma, então estou feliz. Me sentindo leve.

@vidaspretas:

aeeeee

fico feliz por vc!!!!

vc é bonzinho demais, cara

não pode deixar o povo pisar em vc não

@caradaprefeitura:

Estou tentando. Vamos ver se dura.

@vidaspretas:

vai durar!!!!!

confio no seu potencial

@caradaprefeitura:

Obrigado, sua confiança me inspira todos os dias. Eu até pensei na hora: o que ela faria?

@vidaspretas:

que bom

sou boa pra alguma coisa então

@caradaprefeitura:

Você é boa para muitas coisas.

@vidaspretas:

ih, alá o golpe baixo

tá bom

vamos ver um filme vai

@caradaprefeitura:

Eba! Que tal *La Règle du Jeu?*

@vidaspretas:

block

Joana

Ela andava trabalhando tanto nos últimos dias que nem tinha conseguido se animar muito para festa de aniversário de Sayuri, mesmo que as festas no apartamento de Piegas fossem, no geral, as experiências mais divertidas da vida de Joana.

Naquela noite, ela só queria ter continuado em casa e se jogado na cama depois de um longo banho quente. Mas, como uma boa amiga, lá estava Joana, parada na porta das duas, mexendo nas tranças e ajeitando a alça do seu cropped preto antes de tocar a campainha do apartamento.

Sayuri logo apareceu, deixando a música de dentro escapar mais alta pelo corredor e abrindo um sorriso enorme ao vê-la. Joana se sentia muito acolhida pela noiva da amiga, que sempre parecia animada em tê-la por perto. A aniversariante, com o cabelo castanho-escuro começando a crescer na cabeça raspada há pouco tempo e com a maquiagem sempre perfeita — que naquele dia combinava com o exato tom de roxo de seu vestido largo —, era uma inspiração quando o assunto era moda, e não só para Joana, como para todos os seus quase quinhentos mil seguidores no Instagram. Era fácil ver por que Piegas havia se apaixonado tão rápido.

— Jô! — gritou Sayuri, parecendo um pouco embriagada e puxando Joana para um abraço apertado.

— Feliz aniversário, Sayuri! — disse ela entre risos, quase caindo ao entrar no apartamento aos tropeços, com a amiga ainda agarrada em seu pescoço.

— Obrigada! Agora que você chegou eu tô até mais feliz!

— Até parece. Tá cheio de gente aqui, nem deve ter sentido minha falta.

Joana falou em tom de brincadeira, mas era verdade. O apartamento estava com quase todos os amigos de Sayuri e Piegas que ela já tinha conhecido em outras ocasiões. Todos eram muito engraçados, e Joana adorava passar um tempo com eles.

— Já chegou todo mundo, só faltava você! — disse Sayuri, agora com o braço apoiado nos ombros de Joana, arrastando-a para a sala povoada com os convidados e preenchida pela música. — Agora minha alegria está completa.

— Ela te mima demais — disse Piegas chegando por trás das duas, que se viraram para encará-la. — Às vezes até fico com ciúme, queria essa atenção toda.

Sayuri revirou os olhos, fingindo impaciência enquanto mantinha um sorriso bobo nos lábios. Ela se afastou de Joana e se jogou dramaticamente na direção da cadeira de rodas da noiva, se sentando de lado no colo de Piegas e enlaçando-a pelo pescoço.

— Ó, amor da minha vida! — exclamou Sayuri. — Eu só tenho olhos pra você, meu anjo! Minha luz!

Piegas estava prestes a reclamar de algo, mas não teve tempo para isso. Sayuri se inclinou para a frente, colocando a boca na dela e interrompendo-a com um longo beijo apaixonado. Joana sorriu e meneou a cabeça. Ela estava acostumada com os momentos amorosos das duas e sabia que aquilo poderia durar algum tempo.

— Vou pegar uma cerveja — anunciou, sendo completamente ignorada.

Ela se virou, deixando as duas para trás e indo até a cozinha. Joana trocou alguns sorrisos e cumprimentos pelo caminho, mas não sentia muita vontade de conversar naquela noite. Seus olhos pesados só queriam um descanso. Ela abriu a geladeira e pegou a primeira garrafa que encontrou, quase deixando-a cair no chão ao fechar a porta e encontrar alguém parado bem ali. Não só alguém, mas *alguém*. O seu ex-namorado, com um sorriso no rosto.

— Oi, Jô!

Cristiano fazia parte de um dos grupos de amigos de Sayuri, motivo pelo qual ela o havia conhecido para começo de conversa, mas fazia um ano que ele tinha ido para a Argentina, então não esperava encontrá-lo por ali.

— Cristiano. Oi — respondeu ela, ainda meio confusa e tentando se concentrar em abrir a cerveja e não nos olhos verdes avaliadores que não saíam de cima dela. — Não sabia que você tinha voltado pro Brasil.

— Ah, faz pouco tempo, na verdade. Quase um mês. Deu saudade do meu país, sabe? Não tava aguentando ficar longe da minha família.

— Imagino. — Joana forçou um sorriso antes de beber um pouco no gargalo, esperando que aquilo fosse uma boa desculpa para não precisar falar mais.

Ele pareceu entender a mensagem e voltou a puxar assunto:

— E você? Como anda a vida?

— Boa. Cansativa. Muito trabalho, sabe?

— Sei, a minha anda na mesma. — Ele passou a mão pelo cabelo castanho-claro e um suave rubor apareceu em suas bochechas, deixando a pele branca toda rosada. — Eu tava pensando em você esses dias... Bateu uma saudade da gente.

Joana quase se engasgou no meio de um gole.

Rá, aquela foi engraçada. Ela mal conseguiu segurar a risada que borbulhava no peito. *Cristiano* sentia saudade dela, o mesmo cara que um dia tinha dito que não se via mais namorando com ela por, nas palavras dele, "ter coisinhas irritantes demais nela" e "não saber lidar com Joana enxergando problemas em tudo", isso depois de cinco meses juntos. Essa realmente tinha sido uma piada muito boa, ou talvez Joana que fosse uma piada para ele.

Mais uma vez sem esperar que ela dissesse algo, ele entortou a cabeça e perguntou:

— Você tá saindo com alguém?

Joana não soube como reagir. Primeiro acreditou ter se enganado, mas o sorriso no rosto de Cristiano mostrava que aquela pergunta tinha mesmo sido feita. Que coragem! Depois ter sido um completo babaca quando terminaram e tratá-la como descartável, ele tinha a cara de pau de fazer aquela pergunta? Naquele tom de voz sedutor? Joana sentiu um calor subir por seu pescoço e apertou mais os dedos em volta da garrafa que tinha em mãos.

Demorou muito tempo para ela aprender a se amar, e essa ainda não era uma tarefa que conseguia completar com mérito. Ainda havia muitas inseguranças sobre seu corpo, sua aparência e sobre quem era no mundo. Ela passou anos achando que não merecia ser amada, um discurso fomentado dentro dela por todos os relacionamentos que pareciam terminar (ou nem começar) da mesma forma: com Joana sendo usada, mas nunca cuidada ou assumida de verdade.

Foi com todo esse sentimento que o término com Cristiano acertou o peito dela como uma bomba, deixando-a muito mal e abalada por meses. Ela tinha aprendido muito desde então; mesmo ainda tendo todas as suas paranoias e inseguranças, muitas lições foram absorvidas com o luto pelo fim de um relacionamento que nem sequer merecia suas lágrimas.

Tentando controlar a raiva agitada dentro de si, Joana forçou um sorriso enorme e respondeu em um tom animado:

— Tô sim, já tem um tempo.

Apesar de ser tecnicamente uma mentira, Joana não sentiu como se fosse. Tudo bem que ela nunca tinha se encontrado com o **@caradaprefeitura**, mas, de certa forma, ela sentia como se eles tivessem... alguma coisa.

Cristiano levantou as sobrancelhas grossas, parecendo surpreso.

— Ah, a Sayuri não me disse na...

— Dá licença rapidinho? Preciso falar com a Piegas — interrompeu Joana, cansada daquela interação.

Ela não queria dar ainda mais combustível para a irritação que crescia dentro de si. Odiava sentir aquela raiva por causa de Cristiano e odiava se lembrar de como um dia ele a fez sofrer. Estava cansada demais para se permitir confrontar aquelas lembranças, especialmente porque sua insegurança podia encontrar alguma brecha na muralha que aprendeu a construir e deixá-la mais cansada ainda.

Joana tentou se divertir pelo resto da noite, apesar de passar a maior parte do tempo sentada no mesmo lugar do sofá, bebendo, comendo e conversando com quem quer que se sentasse ao seu lado. Falou com uma prima de Sayuri que achava muito engraçada e com o irmão mais novo de Piegas, mas fugiu de algumas pessoas da agência, inclusive do próprio Davi, que estava por lá parecendo deslocado.

Quando decidiram cantar parabéns, Joana até soltou um suspiro aliviado. Ela finalmente poderia ir para casa sem ser julgada por Piegas depois de comer um pedaço de bolo. A cobertura de brigadeiro parecia deliciosa, então ela não se arrependeu de ter esperado. Com um pedaço no seu pratinho de plástico, Joana caminhou sem rumo pelo apartamento, preocupando-se apenas em saborear o doce e evitar gente chata. Acabou ao lado da porta de entrada, onde ficava um aparador coberto por fotos, enfeites e vasos de flores.

Joana sorriu ao encarar o porta-retrato com a foto da parede em que a amiga havia se declarado para Sayuri. Ela passou os olhos pelos versos na imagem, balbuciando as palavras bregas traçadas em tinta vermelha:

arriscando ser piegas

tudo ganha graça, compartilhe com a bela Musa!
sem mais demora, almeja minha alma e derramo em spray:
você é poesia, não há estrela que brilhe como um olhar seu;
nada pode diminuir a inveja sentida pelo Sol quando você sorri.

Aquilo era, sem dúvida, uma das coisas mais cafonas que Joana havia lido na vida. Ela nem sabia ao certo se fazia algum sentido. Ainda assim, toda vez que via aquela foto ou ouvia a história sobre como o namoro das duas tinha começado, seu peito inteiro ficava mais quente. Joana não sabia como era possível existir no mundo um amor tão sincero e verdadeiro como o delas, mas era esse o sentimento que encontrava sempre que as via. E bem lá no fundo, embora não expressasse nunca, era isso o que queria viver.

Naquele instante, a vontade de ter o **@caradaprefeitura** ao seu lado bateu forte. Ela adoraria contar a história e mostrar a foto do poema para ver como ele reagiria.

— Ah, o tal poema.

Joana nem precisou se virar para saber que era Davi quem estava parado bem ao seu lado. Ela o espiou pelo canto do olho e admirou mais uma vez a forma impecável de seu black, ao mesmo tempo em que sentiu aquele perfume que perturbava sua rinite. Coçando o nariz, ela declarou:

— Eu não tô com energia pra discutir com você hoje.

Davi deu de ombros.

— Então não vamos discutir.

Joana estreitou os olhos e soltou, em um tom irônico:

— É, porque isso tem funcionado muito bem. Temos ótimas conversas, sempre concordamos com tudo.

— As pessoas não precisam concordar em tudo pra conversarem.

— Mas elas com certeza não ficam rebatendo tudo o que a outra diz.

— É, você faz isso mesmo.

— *Eu*?! Você que faz isso! E é por isso que é melhor não conversarmos.

Davi pareceu pensativo por alguns segundos e depois encarou Joana com as sobrancelhas franzidas.

— Você tá discutindo comigo sobre não querer discutir comigo?

Joana bufou, quase rindo daquele comentário, não só por achar certa graça da situação, mas principalmente por seu cérebro já não estar funcionando muito bem. Estava exausta, queria dormir e não tinha forças para continuar aquele bate-boca. Voltou a atenção para o bolo e deu mais uma garfada nele, deixando o sabor delicioso melhorar seu humor, trazer alegria para a sua vida, encher sua mente de paz e...

— Tem um pouco de brigadeiro... — disse Davi, movimentando a mão desajeitadamente para um ponto misterioso do rosto de Joana.

— Onde?

—Aqui. — Ele apontou de novo, dessa vez numa direção mais específica, e Joana passou a mão livre pelo canto da boca, mas Davi meneou a cabeça. — Não, mais pra... deixa eu te ajudar.

Ele esticou o braço, pegando Joana de surpresa ao aproximar a mão de seu rosto. Ele traçou o polegar hesitante pelo meio do queixo dela, com a pontinha do dedo roçando delicadamente no lábio inferior de Joana. Tudo aconteceu em poucos segundos, mas pareceu uma eternidade. O toque suave de Davi causou um arrepio em sua nuca, e o encontro do olhar dos dois foi mais intenso do que Joana estava esperando. Ela não sabia por que um friozinho gelado tinha se espalhado por sua barriga, nem como se livrar daquela sensação.

A mão de Davi já estava longe de novo, ao contrário de seus olhos, que continuavam presos no dela, enfeitiçando-a e mantendo-a imóvel. Joana estava tão presa naquele momento entre eles que nem percebeu quando uma pessoa passou bem atrás de onde estava, trombando com ela sem querer e impulsionando-a na direção de Davi. Ele agiu rápido, colocando as mãos na cintura dela para mantê-la firme. Agora aqueles dedos estavam pressionados contra a pele de Joana, bem no espaço livre de roupas em que sua barriga estava de fora. Um dia ela já se havia se sentido insegura por ter alguém encostando naquele lugar, bem onde dobras emolduravam a lateral de seu corpo, mas naquele momento Joana só conseguia pensar em como a mão de Davi era quente e na sensação confortável de sua palma macia.

Logo em seguida, ela se deu conta de quem estava à sua frente causando aquela avalanche repentina de sentimentos. Como seu corpo podia traí-la daquela forma tão baixa? Sentir atração por Davi assim *do nada*? É, Joana com certeza estava precisando ir para casa descansar. Não tinha mais como confiar em si mesma.

Davi ajeitou os óculos no rosto na mesma hora em que ela pigarreou.

— É, acho que já vou indo — anunciou Joana, dando um passo para trás e deixando o pratinho com o resto do bolo sobre o aparador. — Tô exausta. Até mais.

Ela não ouviu se teve ou não uma resposta para sua despedida, pois estava ocupada demais colocando distância entre os dois. Joana não sabia o que tinha acabado de acontecer, mas não estava disposta a dar importância para aquele momento.

@vidaspretas:
encontrei minha nova playlist favorita

@caradaprefeitura:
Manda.

@vidaspretas:
http://bit.ly/musicasvingança

@caradaprefeitura:
Hahaha Eu sempre me divirto com o quanto os nomes são específicos.

@vidaspretas:
e ornados por fotos fofas de bichinhos!

@caradaprefeitura:
Essencial! Mas me fala, o que despertou seu sentimento de vingança?

@vidaspretas:
ontem eu encontrei o meu ex

@caradaprefeitura:
Aquele babaca?

@vidaspretas:
o próprio

@caradaprefeitura:
E como foi? Você está bem?

@vidaspretas:
> foi estranho
>
> ele ainda é um babaca e não mudou nada
>
> mas fiquei brava

@caradaprefeitura:
> Ainda gosta dele?

@vidaspretas:
> NÃO, PELO AMOR DE DEUS
>
> é só que estar perto dele ainda me traz um sentimento ruim

@caradaprefeitura:
> Eu odeio muito esse cara que nunca nem vi.

@vidaspretas:
> Huahaua agradeço a empatia
>
> mas sei lá
>
> não achei que ia sentir isso vendo ele
>
> não tão forte, sabe?
>
> pensei que tinha superado a dor do pé na bunda que ele me deu

@caradaprefeitura:
> Bom, pelo que você me contou o babaca te magoou mesmo, né? Ele não te tratou nada bem e acho que é normal esse sentimento demorar pra ir embora. Os traumas sempre acabam encontrando um cantinho pra se aconchegar dentro da gente.

@vidaspretas:

ah, eu nem sei se foi um TRAUMA, sabe?

ele era babaca e meio péssimo

mas tiveram relacionamentos piores por aí

@caradaprefeitura:

Mas isso não diminui o que você passou e como se sentiu. Foi um trauma pra você, que é quem tem que viver com essas dores.

@vidaspretas:

é, faz sentido

vc é bem sábio às vezes

é meio irritante

@caradaprefeitura:

Hahahaaha Desculpa, eu fico inspirado ao dar conselhos. Mas eu só queria que você não se sentisse mal por se sentir mal. É seu direito.

@vidaspretas:

eu meio que sei disso

mas ainda é uma sensação horrível

me sinto tão otária

@caradaprefeitura:

> Você bem sabe que eu nunca namorei de fato, né, então posso não entender tudo o que está sentindo, mas o que eu posso dizer com toda certeza é: você não é otária. Nem por ter se envolvido com ele, nem por ter se magoado. Eu até admiro quem abre o peito assim pra se envolver com outra pessoa. Você é maravilhosa (e não só por isso).

@vidaspretas:

> ai, cara, às vezes eu acho que deus te enviou pra me fazer sorrir

> como que pode alguém tão fofo e inteligente?

> o que eu fiz pra merecer isso?

@caradaprefeitura:

> Hahahahaha O exagero!!!! Mas nada de meritocracia por aqui! Não é sobre merecer, é sobre termos tido a sorte de entrar na vida um do outro.

@vidaspretas:

> ou foi o destino!!!!

@caradaprefeitura:

> Hahaha Ou foi o destino.

@vidaspretas:

> mas, enfim, vou ficar bem

> queria que vc tivesse na festa onde vi ele

> pelo menos teria tido uma alegria naquela noite estranha

@caradaprefeitura:

> Queria ter estado lá. Eu ia dar um soco no seu ex.

RETICÊNCIAS

@vidaspretas:

ia mesmo?

Eu duvido um pouco

@caradaprefeitura:

Tudo bem, eu não ia, não.

@vidaspretas:

HUAHUAHUAHU

@caradaprefeitura:

MAS ia segurar sua mão e te tirar de perto dele, e ia ficar te distraindo e te fazendo sorrir pelo resto da noite.

@vidaspretas:

eu não aguento o quanto vc é fofoooooo <3

Davi

Davi sabia, quando perguntaram se ele poderia trabalhar naquela manhã de sábado, que devia ter negado. Em partes porque já tinha combinado de ajudar a mãe com a preparação da festa de aniversário de seu pai, que seria naquela noite, mas também porque estava ficando cansado de todo o estresse que a campanha de Carnaval vinha trazendo. O que ele não poderia ignorar era a grana envolvida, então não se arrependia *completamente* de estar trancado dentro daquele escritório quase vazio num dia ensolarado.

Davi já tinha tomado uma quantidade de café bem maior do que deveria, mas decidiu pegar mais um copinho no caminho até a impressora. Pelo menos faria valer de algo a caminhada que teria que fazer para usar a máquina do andar de cima, já que a do departamento tinha decidido dar defeito. Em outra ocasião, ele não teria se incomodado, já que raramente imprimia algo. Mas seus olhos estavam cansados e Ana Clara não estava ali para reclamar.

Depois de enviar a impressão para a máquina do segundo andar, ele marchou preguiçosamente escada acima. Primeiro parou para pegar o café, ficando feliz ao sentir o cheiro do expresso quentinho e de ter a fumaça da bebida embaçando as lentes dos óculos. Após isso, foi até a portinha estreita que estava aberta, mostrando o interior da sala que continha algumas estantes e uma mesa com uma impressora meio velha. Davi estava a alguns passos da porta quando viu Joana surgir na mesma escada de que ele tinha vindo.

Ele não estava acostumado a confrontar pessoas da forma que vinha fazendo com ela, nem sabia de onde tinha vindo a coragem. Davi se lembrava de, aos doze anos, ter dado um soco num primo que estava enchendo sua paciência numa festa de aniversário, fazendo um bilhão de piadas ofensivas sobre ele ser gordo. Daquela vez ele também teve uma crise de pânico ao ver o que tinha feito; foi quando seus pais o levaram pela primeira vez para a terapia. Dez anos tinham se passado e ele ainda não sabia lidar muito bem com conflitos.

Joana não o cumprimentou e desviou o olhar rapidamente. Davi não a culpava, também não estava tão interessado em uma aproximação, ainda mais depois das coisas confusas que havia sentido por Joana na festa de Sayuri. Ele não queria pensar naquilo. E, apesar de tudo, não se arrependia dos seus confrontos com ela. Sua terapeuta achou uma atitude bastante madura e ficou muito orgulhosa.

Ele suspirou e seguiu seu caminho até a sala da impressora, mas começou a ficar um pouco apreensivo ao perceber que Joana estava logo atrás e ia na mesma direção. Davi parou na frente da mesa, olhando por cima do ombro para ver Joana parada a alguns passos dele. Depois de terminar o café e jogar o copinho no lixo, ele pegou os papéis impressos, conferindo se todas as páginas de que precisava estavam mesmo ali.

Davi não aguentou nem um minuto daquele silêncio constrangedor.

— Não sabia que você vinha hoje também.

Joana respondeu com um "aham" tão baixo que ele até ficou em dúvida se tinha sido real, então preferiu deixar para lá, dando um passo para trás e deixando a impressora livre para que ela a usasse. Seu cérebro continuava tentando lhe lembrar: *para de tentar, para de tentar, para de tentar.*

— Você fechou a porta?

Davi virou metade do corpo para encarar a porta fechada e a expressão irritada no rosto de Joana. Ele tinha feito aquilo? Não conseguia lembrar. Seu estômago gelou.

— Acho que eu...

Joana fez um gesto com a mão que não segurava um bloco de papéis, cortando a explicação, e se aproximou da maçaneta, forçando-a algumas vezes, sem resultados.

— Argh, esse troço nunca abre pelo lado de dentro!

— Eu não sabia.

Ela olhou por cima do ombro com uma careta de descaso e concordou com ironia:

— É, a culpa nunca é sua.

— Por que você sempre tem que... Espera — Davi se interrompeu, virando totalmente para ela e dando alguns passos em sua direção. — Você entrou depois de mim. *Você fechou a porta!*

Joana parou o que estava fazendo na mesma hora e girou para encará-lo. Suas sobrancelhas estavam enrugadas e dava para ver em seus olhos o quanto ela achava aquela acusação um absurdo.

— Eu não fechei a... — Antes de terminar a frase, a expressão de Joana mudou e seus olhos se arregalaram um pouco.

Davi também não costumava contar vitória por bobeiras, mas não conseguiu controlar a alegria que sentiu naquele momento.

— Rá! Não acredito que você tava querendo me culpar por um erro seu.

Joana revirou os olhos.

— Eu não tava querendo nada! Só não lembrei... Ah, deixa pra lá — ela disse, voltando a encarar a porta e empurrando-a com o ombro enquanto mexia na maçaneta. — Preciso sair daqui.

— Eu também — Davi concordou, colocando-se ao lado de Joana e ajudando-a. Nada aconteceu. — Não tava planejando ficar trancado aqui, ainda mais com você.

Ela estreitou os olhos.

— Como a Piegas acha que você é bonzinho e legal?

Davi deu de ombros.

— Porque talvez a Manu seja sempre legal comigo.

— Ah, agora a culpa é minha? — Joana perguntou, mais uma vez parando a tentativa de sair dali para dar sua total atenção a ele. — O que mais é minha culpa?

Sem pensar muito, Davi levantou as sobrancelhas, sustentando o olhar de Joana, e bateu a mão na porta duas vezes. Ela bufou, mas não pareceu encontrar uma boa resposta para aquele apontamento. Era estranha a satisfação que dava ganhar pontos em um jogo que ele nem entendia direito como funcionava.

Impaciente, Joana começou a bater na porta e gritar por ajuda, mas Davi se lembrava bem de ver aquele andar sem uma alma viva, e duvidava que alguém lá de baixo fosse ouvir. Mesmo não acreditando que daria resultado, ele a acompanhou no apelo.

Em menos de um minuto ao seu lado, Davi viu Joana fazer uma careta e passar a mão no nariz. Aquela não era a primeira vez que ele a via reagir assim. Na verdade, quase todas as vezes que ele se aproximava dela, Joana repetia o gesto. Ele odiava o quanto aquilo o deixava inseguro, pensando no pior cenário possível, em que algum tipo de odor ruim estivesse vindo dele. Aproveitando os acessos de coragem daquele dia, Davi não se controlou ao perguntar:

— Por que você sempre faz isso quando tá perto de mim?

Joana parou de bater na porta e o encarou com uma expressão confusa.

— Isso o quê?

— O negócio com o nariz — ele respondeu, imitando o gesto. — Parece até que eu tô fedendo.

A afirmação atingiu Joana instantaneamente. Seus ombros caíram um pouco e sua fisionomia se suavizou.

— Não, não é isso. É o seu perfume. Ele me dá alergia.

— Ah... — Davi não sabia o que dizer, sentindo-se envergonhado o suficiente para saber que suas bochechas talvez estivessem um pouco avermelhadas.

Joana, por outro lado, teve uma reação bem mais tranquila do que ele achou que ela teria. Constrangida, ela pigarreou e confessou numa voz suave:

— Eu ficava muito paranoica achando que todo mundo me achava fedida quando era criança. A sensação voltou um pouco quando trancei o cabelo. — Ela apontou para o coque enorme sobre a cabeça, formado por todas as suas trancinhas. — Você não sabe quantas pessoas me param pra perguntar se eu não tenho nojo de passar tanto tempo com o cabelo sujo.

Ele nunca tinha pensado na situação daquela forma. Quer dizer, Davi entendia como as pessoas conseguiam ser ignorantes quando o assunto era o cabelo de pessoas negras. Sua prima Duda usava dreads há um tempo e já tinha lhe contado que ouvia comentários como aqueles. Ele também se lembrava dos olhares que recaíam sobre ele e em seu cabelo crespo toda vez que a professora falava sobre piolhos na escola. Mas Davi nunca tinha refletido sobre o quanto o seu medo de sempre acharem que ele estava fedido (o que o levava a passar mais perfume do que era necessário) poderia ter relação com tudo aquilo.

— Uau — ele disse. — O racismo acaba com nossa cabeça sempre, né?

— Com certeza.

Joana já tinha desistido de tentar derrubar a porta, encostando-se nela e aparentando frustração não só pela situação, como também pelo assunto em que eles tinham entrado. Ele entendia. Pensar sobre aquilo sempre o deixava exausto. A surpresa, embora não devesse ser, era como as pessoas eram capazes de olhar para um cabelo tão lindo e bem-cuidado como o de Joana e ter pensamentos absurdos. A proximidade dos dois naquele momento fez com que Davi sentisse o cheiro de coco nas tranças dela.

— Seu cabelo é muito cheiroso.

Demorou alguns segundos para ele perceber que tinha dito aquilo em voz alta e que agora Joana o encarava com as sobrancelhas arqueadas, quase tão surpresa quanto ele. Seu estômago deu sinal de vida mais uma vez, fazendo o nervosismo se espalhar. Era muito esquisito ele comentar sobre o cabelo de Joana, assim, do nada? Ela o acharia estranho? Os dois voltariam aos termos de antes? Ou seria pior?

Para sua tranquilidade, Joana abriu um pequeno sorriso e disse:

— Bom, você já sabe que eu não sou fã do seu perfume.

Davi riu, não sabia se por achar graça do comentário ou se por alívio, e Joana o acompanhou. O clima voltou a ser descontraído depois daquele momento de tensão, então ele se sentiu confortável para comentar, num tom brincalhão:

— Parece que você é capaz de ser legal comigo...

Joana reprimiu um sorriso.

— Não força — avisou ela, jogando a cabeça para o lado.

Davi soltou um riso baixo, satisfeito por não estar sentindo o mesmo nervosismo de todas as outras vezes em que esteve na presença de Joana desde que começou a trabalhar na Eskina.

O celular do rapaz vibrou com a chegada de uma nova mensagem e ele o conferiu, mas não respondeu ao ver que era só a sua mãe pedindo para ele comprar mais pratinhos plásticos para a festa. Mas aquilo tinha lhe dado uma ideia. Olhando entre seus contatos, Davi procurou no Instagram pelo nome da recepcionista, com quem ele mantinha a relação cordial esperada entre duas pessoas que trabalham no mesmo lugar e costumam esperar ônibus juntas no mesmo ponto. Ele mandou uma mensagem para ela explicando a situação e perguntando se ela poderia subir para abrir a porta.

Depois de enviar, seus olhos ficaram presos nas últimas mensagens da **@vidaspretas**, que ele ainda não tinha tido tempo de responder.

Davi meneou a cabeça, sorrindo e pensando no quanto aquilo era típico dela. Cair num buraco sem fim na internet e descobrir coisas estranhas sobre as quais ninguém nunca tinha ouvido falar. Ele havia começado a digitar algo para ela quando seu celular vibrou com a chegada da resposta da recepcionista.

— Mandei mensagem pra Carina da recepção — Davi disse, guardando o celular no bolso da calça e encarando Joana, que tinha sentado no chão com as costas apoiadas na porta. — Ela disse que foi tomar café na padaria, mas já tá voltando pra ajudar a gente.

— Ótimo. Eu ainda tenho um trilhão de coisas pra fazer antes de ir pra casa.

— É, a Manu que se deu bem e ficou em casa hoje — ele disse, sentando ao lado de Joana.

— As vantagens de se ter uma noiva gripada, precisando de cuidados.

— Falar isso parece meio errado.

— Não pra Piegas. Ela escapou de ter que vir hoje e tava contente.

Ele encostou a cabeça na parede, rindo.

— Eu só tô feliz que a Ana Clara não veio também.

Joana virou a cabeça em sua direção e perguntou:

— Já cansou da sua amiguinha?

— Ela nunca foi minha amiga. Já te disse que aquela situação toda foi um mal-entendido. Pra falar a verdade, a Ana Clara me assusta um pouco.

O comentário fez os lábios de Joana se repuxarem em um sorriso lindo. Davi ficou meio orgulhoso de ter causado aquilo.

— É o jeito que ela encara a gente. Descaso e ódio. Talvez uma dosezinha generosa de racismo.

Ele assentiu, sabendo exatamente ao que Joana estava se referindo. Ana Clara ainda não o tinha escolhido como alvo de sua "atenção especial", mas ele sentia falsidade em todas as palavras que ela dizia, sem contar que dava para ver como ela ficava satisfeita toda vez que conseguia prejudicar Joana. Era detestável.

— Como você tem aguentado trabalhar com ela todo esse tempo?

Joana bufou.

— Eu me pergunto isso todos os dias.

— Mas pelo menos você gosta de trabalhar aqui, né?

A resposta não veio logo em seguida e, quando a demora começou a ser incômoda, Davi virou o rosto para encarar a careta que Joana fazia ao dizer:

— *Gostar* é uma palavra muito forte. Eu comecei a trabalhar aqui depois de passar um tempo desempregada quando saí da faculdade, então pareceu uma grande bênção. A empresa já era muito conhecida e a Patrícia foi simplesmente um anjo comigo desde sempre. Eu deveria gostar mais da Eskina, mas me pergunto todos os dias por que ainda estou aqui.

— E por que você ainda está aqui?

Joana suspirou e voltou a encarar Davi.

— Porque a realidade é mais complicada do que a gente imagina quando somos mais novos. Eu achei que a essa altura eu estaria vivendo daquilo que amo, me sentindo completamente realizada e caminhando para o sucesso. Mas tinha vários boletos pra serem pagos no meio do caminho.

Ele riu da afirmação.

— Sei bem como é. Tirando a parte de fazer o que ama, porque eu não faço ideia do que eu amo fazer.

Joana enrugou a testa e Davi se surpreendeu ao perceber que tinha começado a falar de algo que nunca teve coragem de confessar para ninguém. Ele não sentiu vontade de parar naquele momento, então continuou:

— Eu entrei na faculdade achando que descobriria o que deveria fazer lá e porque gostava do curso no geral. Segui fazendo uns trabalhos em que eu era bom, mas nunca senti que gostava realmente de algo, sabe? Eu meio que não sei direito o que quero da minha vida.

Davi desviou o olhar, com medo da reação que viria de Joana. Ele via muitos de seus colegas já terem objetivos de vida aos 22 anos de idade, alguns deles até já dando grandes passos em suas jornadas profissionais, por isso acabava se sentindo cada vez mais uma completa decepção.

— Tá tudo bem — Joana disse, empurrando o joelho de Davi com o seu. — Você é novo ainda. Nós dois somos. Eu sei que às vezes não parece, mas temos tempo pra descobrir essas coisas.

Seu olhar voltou a Joana, que tinha um sorriso doce estampado no rosto. Toda a sua expressão passava calma e compressão, o que foi uma surpresa. Ele não esperava ser capaz de se sentir tão bem ao lado de Joana, tão confortável para lhe contar algo pessoal. Assim como também não sabia que ficaria tão interessado nos lábios dela e nos pensamentos que lhe visitaram naquele instante. Exatamente como tinha acontecido no aniversário de Sayuri. Ele não poderia gostar da Joana *daquele jeito*. Não fazia sentido. Os dois só estavam há tempo demais trancados ali.

O barulho repentino de alguém mexendo na maçaneta os alertou de que finalmente sairiam daquele lugar. Davi levantou em um pulo e estendeu os braços para ajudar Joana a se colocar de pé. Assim que Carina os libertou, Joana foi até a impressora e, lembrando-se do que a havia levado até ali, fez uma cópia do documento que trazia consigo. Ele não sabia se deveria ou não esperá-la, mas enquanto pensava no que fazer, Joana terminou a cópia e virou-se para ele, sorrindo.

Carina começou a se desculpar assim que abriu a porta e, enquanto desciam ao primeiro andar, ela continuou explicando o porquê de não ter chegado mais rápido (um moço fantasiado de mosquito, vindo de algum bloco de pré-Carnaval e segurando uma latinha de cerveja, a seguiu por alguns quarteirões, então ela teve que despistá-lo). Um último pedido de desculpa foi gritado para eles depois de agradecerem a ajuda de Carina e seguirem para o escritório em que trabalhavam, deixando-a voltar à recepção.

Davi e Joana não falaram mais nada, apenas trocaram algumas risadas solidárias, pensando na velocidade com que Carina tinha contado toda aquela história, e trocando um último olhar amigável antes de cada um voltar para sua mesa. Davi tiraria algo de positivo de trabalhar num sábado antes do Carnaval, aparentemente.

@caradaprefeitura:

Às vezes eu tenho umas memórias contigo mesmo sabendo que você não tava lá.

@vidaspretas:

como assim?

@caradaprefeitura:

Lembra que há uns dois meses foi aniversário da minha mãe? E eu tava na festa de aniversário dela, entediado e ignorando minhas tias avós enquanto conversava com você por aqui?

@vidaspretas:

lembro

vc me mandou foto do bolo mais feio do mundo

@caradaprefeitura:

Isso! Exato! Meu cérebro me prega umas peças às vezes e eu tenho a impressão que você tava lá comigo. Fisicamente, digo. Não só conversando por mensagem.

@vidaspretas:

mas daí vc tem uma imagem física minha?

@caradaprefeitura:

Mais ou menos. Não é uma imagem nítida, mas eu consigo imaginar uma presença e uma voz que seria sua. Isso é muito absurdo? Hahahaha

@vidaspretas:

HUAHUAHUA

não!!!!

o cérebro humano é fascinante

e eu entendo

a gente passa muito tempo conversando por aqui

muito mesmo

então acho até normal isso meio que transbordar assim

@caradaprefeitura:

Mesmo assim, é estranho.

@vidaspretas:

eu tenho um pouco disso tbm

lembra que a gente ficou comentando o globo de ouro aqui?

@caradaprefeitura:

Sim. Saudade do nosso drinking game de tomar uma dose sempre que uma pessoa branca ganhava.

@vidaspretas:

sim!!!

foi ótimo

queria ter bebido menos

mas só aquele melhor filme rendeu pelo menos 20 doses

@caradaprefeitura:

Hahahahahahaha

@vidaspretas:

mas enfim

o que eu ia dizer é que eu tenho um pouco dessa sensação

eu lembro daquele dia e é quase como se vc tivesse aqui na sala comigo

@caradaprefeitura:

E eu teria estado, com muito prazer.

@vidaspretas:

alá

lá vem com os papos

HUAHUAHUA

@caradaprefeitura:

Me diz de novo: por que a gente não pode se conhecer mesmo?

@vidaspretas:

pra que a pressa?

isso pode acabar com toda a nossa sintonia

@caradaprefeitura:

Ou melhorar.

@vidaspretas:

vc é otimista demais

@caradaprefeitura:

> Nesse caso, tô só sendo realista.

@vidaspretas:

> não sei se tô disposta a arriscar

> vc se tornou muito importante pra mim

> não quero perder o que a gente tem por causa de um encontro ruim

@caradaprefeitura:

> A gente funciona bem demais juntos pra ter um encontro ruim.

@vidaspretas:

> mas talvez a gente funcione justamente pq nunca nos vimos

> existe algo empolgante em não saber muito sobre detalhes da sua vida pessoal

> torna as possibilidades infinitas

> a gente pode até já ter estado no mesmo lugar e nem sabemos

> não é empolgante?

@caradaprefeitura:

> Não. Eu só fico frustrado pensando nessa possibilidade. Mas tudo bem, quem sabe um dia?

@vidaspretas:

> sim

> um dia

> sério <3

RETICÊNCIAS

Joana

Era sempre horrível quando aquilo acontecia. Joana só conseguia pensar no quanto a vida não era mesmo justa. Ela nem ao menos tinha comido o seu cereal quando viu a notícia sobre a morte de Ismael da Silva Toledo, um garoto negro de doze anos que tinha levado oito tiros de um policial enquanto brincava com alguns amigos na rua da favela onde morava.

Joana não conhecia aquela criança. Não sabia quem eram seus pais antes daquele assassinato e nunca tinha ido à comunidade onde eles moravam, que ficava em outro estado. Mesmo assim, a sensação de dor era forte e deixava um peso enorme em todo o seu corpo. Aquela história já tinha sido contada antes, sempre com o mesmo final, sempre com sangue preto sendo derramado e vidas negras sendo descartadas. A sensação de frustração, impotência e cansaço às vezes era mais forte que a vontade de lutar. Foi assim naquela manhã, quando Joana viu a foto do garotinho sorridente na televisão.

Ela estava aliviada por ser Carnaval e não ter que ir trabalhar, pois sabia que não teria cabeça para isso. Ao mesmo tempo, precisava encher a mente com algo ou acabaria se sentindo ainda pior. Pensou em mandar alguma mensagem para o **@caradaprefeitura**, sabendo que ele a entenderia e que sempre se sentia melhor depois de conversarem, mas também sabia que tinham ido dormir tarde na noite anterior, assistindo a um filme francês chato, e ele ainda demoraria a acordar.

Joana decidiu fazer a outra coisa que era seu refúgio: desenhar. Seu coração ficava em paz quando toda sua concentração estava voltada a uma ilustração. Cada novo traço, ou a escolha de cores certas ao colorir, todo o processo era cansativo de um jeito positivo. Sem contar que ela estava sentindo uma necessidade enorme de usar sua arte para se expressar sobre aquilo, ou explodiria. Por isso, Joana procurou na internet — ignorando possíveis comentários — a foto de Ismael que tinha visto na televisão. Assim que a encontrou, começou a trabalhar no desenho que o homenagearia.

Para manter os pensamentos ainda mais quietos enquanto suas mãos trabalhavam, Joana colocou para tocar um episódio do podcast esquisito que tinha encontrado há uns dias. Era basicamente uma mulher, Maria Geraldina, contando histórias absurdas que envolviam seus vizinhos e conhecidos, para finalizar com alguma lição que Joana ainda não tinha certeza se era genial ou sem noção. De qualquer forma, os *Conselhos de Madame Magê* foram uma companhia relaxante durante aquele dia.

Se dependesse dela, teria ficado o dia inteiro quietinha no apartamento, ainda mais que Vanessa tinha ido passar o Carnaval em sua cidade natal e ela tinha o lugar todo só para si. Mas, naquela noite, o pessoal do escritório tinha marcado de se reunir num bar para comemorar o aniversário de Beto. Ela não era tão próxima assim dele, apesar de achá-lo uma pessoa bacana no geral, então Joana chegou a cogitar não ir, porém Piegas mandou algumas mensagens dizendo que talvez fosse bom ela sair um pouco de casa. Levando em conta que o bar era bem perto, ela decidiu seguir o conselho da amiga.

O arrependimento já se fez presente assim que ela chegou lá e viu a pessoa de que menos gostava entre os convidados. Ninguém ali era grande amigo de Ana Clara, talvez Jader e duas outras garotas que Joana não conhecia muito bem, mas por algum motivo ela tinha sido convidada. Era frustrante saber que passaria o resto da noite em sua presença.

Tentando evitar ao máximo o contato com Ana Clara, ela se sentou do outro lado da mesa, junto com Piegas, que estava acompanhada por sua noiva, Sayuri, e Davi, que andava subindo bastante em seu conceito naqueles dias. Ela não tinha tido muitas oportunidades para conversar com ele depois de sábado, mas o rapaz tinha almoçado com ela e Piegas no dia anterior e não tinha sido a pior coisa do mundo.

Já fazia quase uma hora que ela estava sentada entre o pessoal, bebericando uma cerveja e participando de forma moderada das conversas paralelas na mesa, quando a televisão que estava na parede ao lado deles começou a passar a notícia do caso Ismael, chamando a atenção de parte das pessoas da mesa. Entre elas, Ana Clara, que fez questão de comentar algo ao fim da reportagem:

— Ai, mas eu vi que esse moleque era traficante. Tem uma foto dele com o uniforme da escola e uma arma na mão, até.

Joana encarou Ana Clara no mesmo momento, agradecendo aos céus por ter uma mesa inteira entre as duas.

— E você viu isso numa fonte muito segura, eu imagino — disse Piegas, carregando seu tom de voz com sarcasmo.

— Sim, qual tia sua te mandou a foto no WhatsApp? — Sayuri perguntou, segurando a mão de Piegas, uma expressão de curiosidade sincera em seu rosto.

Ana Clara ajeitou sua postura e levantou uma sobrancelha, respondendo Piegas meio brava, meio ofendida:

— Foi um amigo meu que é advogado que me disse.

— E a gente também sabe que deve ter tido um motivo pra terem atirado — acrescentou Jader.

Ali o arrependimento de ter saído de casa tomou sua forma completa. Joana não acreditava que tinha ido até lá para se distrair e estava sendo obrigada a ouvir aquele tipo de comentário. Sentiu uma onda de raiva tomar conta de si, resultando numa vontade enorme de chorar, mas conteve as lágrimas ao responder com uma voz fria:

— Tinha sim, ele era pobre e negro.

— Ai, Joana, não tem nada a ver isso — defendeu Ana Clara. — Pessoas brancas morrem também, tá? Ele com certeza devia estar metido com alguma coisa errada.

Ela nem conseguia começar a explicar de quantas maneiras diferentes Ana Clara estava errada. Pensou em apontar que pessoas brancas não morriam só por serem brancas; em dizer que Ismael estar ou não envolvido com algo não justificava os oito tiros que levou enquanto brincava na rua; em perguntar honestamente se Ana Clara conseguiria diferenciar Ismael de qualquer outro garoto negro em uma foto; ou, ainda, se ela se importava com o fato de uma *criança* ter sido assassinada.

Resolveu deixar todos esses questionamentos para lá, até porque a mesa, a essa altura, já tinha virado uma grande discussão sobre o assunto, em que Ana Clara e Jader continuavam falando absurdos, enquanto Piegas, Sayuri e Luísa, a outra temporária, argumentavam sensatamente. Entre todos os presentes, só Joana e Davi eram pessoas negras, e, ao observá-lo pelo canto do olho, ela percebeu que ele estava tão desconfortável quanto ela.

Respeitando seus próprios sentimentos, Joana se levantou e saiu dali. Não se deu ao trabalho de olhar para trás, nem percebeu se alguém tinha lhe chamado de volta ou não. Seguiu andando até estar do lado de fora, parada na calçada e encostada na parede ao lado do bar.

O ar fresco da noite a tranquilizou um pouco, depois que respirou fundo algumas vezes para deixar a raiva ir embora. Não era a primeira vez que ouvia comentários daquele tipo, mas não estava em um bom dia e preferia não ter passado por aquilo naquela noite. Ou em nenhuma outra.

— Você tá bem?

A voz de Davi, quase ao seu lado, fez Joana dar um pulinho de susto. Ela não tinha percebido ele se aproximando e não estava preparada para vê-lo parado bem ao seu lado. Ele usava o mesmo estilo de roupa de quando estava no trabalho: uma camisa xadrez por cima de uma camiseta lisa escura, calça jeans e tênis, seu black sempre com o formato e o volume perfeitos e os óculos meio quadrados que ele tinha mania de ajeitar no rosto. Mas foi a ausência de algo que chamou sua atenção naquele instante. O nariz de Joana não ficou irritado e ela inspirou fundo para ter certeza de seu palpite: Davi não estava usando o mesmo perfume de antes. Ela tinha notado a mudança nos dias anteriores, desde o sábado em que ficaram presos juntos no trabalho, mas não teve coragem de perguntar se ele havia parado de usar por causa dela. Também lhe parecia prepotente demais supor aquilo.

— Eu vi você saindo e achei melhor checar se tava tudo bem — ele continuou quando ela não respondeu.

— Depois de ouvir os importantes apontamentos da Ana Clara? — disse Joana, fazendo um sinal positivo com o dedão. — Tudo maravilhoso.

Ele encostou-se no espaço vazio da parede ao lado dela e soltou um longo suspiro antes de dizer:

— Alguém devia avisar que ela não precisa ter uma opinião sobre todas as coisas.

— Ela ia ter uma opinião sobre não precisar ter uma opinião.

Davi soltou um riso baixo, pois, assim como Joana, sabia que era verdade. Depois de alguns minutos de silêncio, ele encarou o chão, mexendo os pés distraidamente, e falou:

— Eu acordei hoje com a notícia e fiquei me sentindo mal o dia inteiro. Meus pais ficaram falando disso, os dois arrasados também. Pelo menos eu tive terapia hoje e passei uma hora desabafando sobre toda essa situação lá.

— Talvez eu devesse fazer terapia também.

— Deveria — aconselhou Davi, levantando a cabeça para olhá-la com seriedade. — É importante. Cuida da sua saúde mental, porque o resto do mundo obviamente não tá muito preocupado em como vai atacar seu emocional.

Ele estava certo e Joana sabia disso. Tinha frequentado a terapia por um tempo há alguns anos, logo que se mudou para São Baltazar, no começo da faculdade, e foram meses muito bons, mas ela precisou largar por falta de dinheiro. Deveria ter voltado em algum momento depois disso, porque não tinha como ter sua saúde mental intacta vivendo num mundo daqueles.

— Talvez a Piegas esteja mesmo certa sobre você — afirmou Joana.

— Sobre eu ser o melhor temporário da Eskina? — ele questionou, brincando.

Foi boa a sensação de ter um sorriso surgindo de forma espontânea em seu rosto pela primeira vez naquele dia.

— Não. Sobre você ser um cara legal.

Davi ficou um pouco envergonhado com aquele comentário, coçando a nuca e com um rubor se espalhando pelas bochechas. Joana gostou bastante da reação.

O celular dele vibrou, roubando sua atenção, e ele atendeu uma ligação. Pelo que ela conseguiu ouvir da conversa, parecia que o pai de Davi queria que ele voltasse para casa por um motivo qualquer envolvendo a irmã mais nova do rapaz. Ele prometeu que logo estaria lá e desligou em seguida.

— Preciso ir — ele anunciou, apontando para o bar atrás deles. — Eu não vou voltar lá pra me despedir.

Joana meneou a cabeça, se desencostando da parede.

— Nem eu. Vou mandar uma mensagem pra Piegas no caminho de casa e pronto.

— Precisa de uma carona?

— Não, eu moro a duas ruas daqui.

—Ah, sim. — Davi deu dois passos para longe dela, mas ainda a encarava ao se despedir. — Então… Até segunda?

— Até segunda.

Ele se virou, lançando um último cumprimento com a mão, e caminhou no sentido contrário ao qual Joana deveria seguir. Ela o viu se afastar e se sentiu grata por aquela curta conversa, podendo acrescentar Davi na lista de coisas ou pessoas que a deixaram um pouco mais leve naquele dia tão pesado.

@caradaprefeitura:

Eu amei sua ilustração do Ismael. Ficou muito linda.

@vidaspretas:

obrigada

@caradaprefeitura:

Você tá bem?

@vidaspretas:

vc tá?

@caradaprefeitura:

Isso continua acontecendo.

@vidaspretas:

todo dia

@caradaprefeitura:

Toda hora.

@vidaspretas:

é sufocante pensar que isso nunca muda

parece que tudo que a gente fala, tudo que a gente luta não dá em nada

e eu me sinto completamente inútil fazendo o mínimo do mínimo colocando um desenho na internet

@caradaprefeitura:

Você fez o que podia e o que precisava. Sua arte importa. Só olhar os comentários. Eu entendo o sentimento, mas não carrega essa culpa dentro de você.

@vidaspretas:
quando não acabam com a nossa vida, enfraquecem nossa mente, né

@caradaprefeitura:
Infelizmente sim. Todo dia uma nova batalha.

@vidaspretas:
eu odeio isso

@caradaprefeitura:
Todos nós. Só não se esqueça que você tem pessoas que te amam e que estão do seu lado para te ajudar. Recarregue suas energias e se cerque de coisas boas. A gente precisa estar bem para poder continuar.

@vidaspretas:
é difícil

mas eu fico mais aliviada de saber que tenho pessoas como vc me dando apoio

espero que saiba que eu tbm tô aqui pro que vc precisar

@caradaprefeitura:
Sei sim. Por isso tava ansioso pra chegar em casa e poder conversar contigo.

@vidaspretas:
o pior é que ainda tive que ouvir comentários babacas sobre isso hoje

@caradaprefeitura:
É, eu também. Viver às vezes é pesado demais.

RETICÊNCIAS

@vidaspretas:
sim :(

@caradaprefeitura:
Foi um dia cansativo.

@vidaspretas:
por aqui tbm

a gente devia fazer algo para relaxar um pouco

@caradaprefeitura:
Tipo o quê?

@vidaspretas:
assistir a um filme bem legal e comentar por aqui

tenho até uma indicação

@caradaprefeitura:
Boa tentativa, mas eu não vou assistir a Homem-Aranha 3

@vidaspretas:
aff

com certeza ia ajudar a gente a tirar um pouco isso da cabeça

@caradaprefeitura:
É, mas aí eu ia ficar traumatizado pra sempre com o Peter Parker Emo. Me deixa manter minhas boas memórias dessa franquia.

@vidaspretas:
> tá bom, tá bom
>
> posso escolher outro filme

@caradaprefeitura:
> Na verdade, eu tô cansado demais. Meus olhos tão meio pesados já. Acho que vou dormir.

@vidaspretas:
> uau essa é a primeira vez que você dorme cedo desde que começamos a nos falar

@caradaprefeitura:
> Viu só? Você está sendo uma boa influência para mim.

@vidaspretas:
> yeeees
>
> sabia que eu ia ser capaz de te dar boas noites de sono

@caradaprefeitura:
> Ah, isso você já vem dando há algum tempo. Eu sempre durmo e acordo com um sorriso besta na cara quando passo a noite conversando contigo.

@vidaspretas:
> isso foi quase brega demais pra eu apreciar
>
> quase

@caradaprefeitura:
> Hahahaha Que bom que gostou.

@vidaspretas:

acho que vou dormir também

só de conversar com vc eu já tô mais calma

@caradaprefeitura:

Eu também. Você fez o finzinho do meu dia ficar melhor.

@vidaspretas:

digo o mesmo

obrigada por ter aparecido do nada na minha vida

@caradaprefeitura:

Obrigado por ter continuado na minha.

@vidaspretas:

<3

@caradaprefeitura:

Tá bom, vamos dormir antes que a gente fique a noite inteira conversando.

@vidaspretas:

vamos

se cuida, tá?

@caradaprefeitura:

Você também.

Davi

— **Eu não acredito** no quanto você é incompetente!

As palavras gritadas de repente por Ana Clara quase levaram Davi a apagar sem querer o texto que estava digitando. Ela estava parada na ponta do corredor, bem ao lado de Luísa, e encarava a garota sentada com os braços cruzados e ódio no olhar.

Ele não tinha prestado atenção quando a bronca começou, mas pelo estado emocional da temporária, ele chutava que Ana Clara já estava há algum tempo conversando com a garota — apesar de Davi ter certeza que *conversar* não era exatamente a palavra certa para descrever o que estava acontecendo.

— Eu te peço pra fazer *uma* coisa e você me entrega um lixo desses!

Mesmo não sendo com ele, Davi sentiu sua ansiedade se manifestando. Seu cérebro começou a fazê-lo acreditar que Ana Clara viria em seguida até a sua mesa, dizendo que seu trabalho era horrível, que tinha tido acesso às suas notas medianas na faculdade e que seu diploma de Comunicação era completamente inútil. Imaginou Patrícia chegando e se juntando a Ana Clara, afirmando que Davi era a pior coisa que tinha acontecido para aquela empresa. Todos finalmente descobririam que ele era uma fraude.

— Ana Clara, abaixa o tom — pediu Manuela em voz alta.

Aquela intervenção foi boa para brecar a linha de raciocínio obsessiva que estava se formando em Davi. Ele respirou fundo, se lembrando de que deveria ignorar aquelas vozes irritantes em sua mente que queriam sempre colocá-lo para baixo.

— Não, Manu! — Ana Clara esbravejou, roubando a atenção de todos no escritório. — Essa menina não sabe fazer nada! Eu não aguento mais ter que pegar um milhão de erros que ela deixou passar! Custa muito prestar atenção no que tá fazendo, hein? Só gruda a cara na tela e faz a droga do seu trabalho!

Aquela situação ficava cada vez pior. O burburinho se espalhou no ambiente e não tinha ninguém ali que não tivesse deixado o trabalho de lado para entender o que estava acontecendo.

Uma dessas pessoas era Joana, que saiu de sua mesa e foi até Ana Clara com uma expressão séria no rosto. Ela cruzou os braços na frente do peito e disse:

— Tá bom, Ana Clara, chega.

Ultrajada com a interrupção abrupta, Ana Clara enrugou a testa e escolheu um tom de desprezo para responder Joana:

— Isso não tem nada a ver com você.

— Bom, quando você tá gritando no meio do escritório pra geral ouvir, meio que vira problema de todo mundo.

Ana Clara estalou a língua nos dentes.

— Joana, só volta pro seu lugar.

— Você vai parar de gritar com a Luísa?

— Ela precisa aprender!

— O que não vai acontecer com você humilhando ela na frente de todo mundo.

Ser a pessoa recebendo a chamada de atenção não pareceu agradar Ana Clara. Ela virou de frente para Joana, arrumando a postura para ficar ainda mais alta do que já era e olhando a outra de cima ao dizer:

— Você acha que manda aqui, né? Só porque a Patrícia gosta de você não quer dizer que você tem o direito de se meter no trabalho de outras pessoas.

— Eu não chamaria essa gritaria de trabalho.

— Sabe o que eu não chamo de trabalho? Você atrasar um projeto todo por ter se perdido na entrega.

Os comentários sussurrados cessaram na mesma hora. Todos tinham entendido a indireta — mais do que direta — que Ana Clara estava fazendo para Joana. Davi, lembrando-se de sua parte de culpa no fato de a supervisora de seu setor ter descoberto o atraso de Joana, sentiu o estômago revirar. Ele apertou o mouse entre os dedos, ouvindo Manuela praguejar baixinho. Uma reação que já se justificaria pela tensão entre as duas, mas que se tornou ainda mais precisa quando Patrícia surgiu no escritório, caminhando até Ana Clara e Joana. Era como se os piores pensamentos de Davi tivessem tomado vida.

— O que tá acontecendo aqui? — perguntou a chefe.

Para a surpresa de ninguém, Ana Clara virou para Patrícia na mesma hora e não esperou um segundo antes de começar a se explicar:

— A Joana veio se meter no meu departamento, em algo que não tem nada a ver com ela.

Patrícia virou para a outra funcionária e arqueou as sobrancelhas esperando respostas.

— Joana.

Davi, como todos no escritório, encarou Joana. Mas, diferente dos outros, apenas ele tinha notado a mudança sutil nas feições dela naquele instante. Seu rosto estava mais suave e seu olhar, mais sereno, ele até mesmo podia jurar que Joana suspirou num sinal de alívio. Davi nem sabia que tinha reparado tanto nela durante o tempo que trabalharam juntos para ser capaz de detectar aquelas pequenas diferenças.

Jogando para trás do ombro algumas das tranças, Joana respirou fundo e comunicou a Patrícia algo que ninguém ali esperava ouvir:

— Patrícia, eu me demito.

A reação geral foi bem sonora. As vozes voltaram a murmurar e Manuela, ao lado de Davi, sugou o ar com tanta força que quase se engasgou.

— O quê? — perguntaram, juntas, Patrícia e Ana Clara.

Joana abriu um pequeno sorriso e reafirmou:

— Eu vou terminar tudo que tenho em andamento, mas depois disso não quero mais continuar trabalhando aqui. Já deu.

A felicidade estampada no rosto de Ana Clara era indescritível. Era como se ela tivesse conquistado sua maior vitória, e Davi não duvidava que era exatamente nisso que ela acreditava.

— Joana, vamos conversar no meu escritório, por favor — Patrícia pediu, fazendo sinal para que ela a seguisse.

Joana assentiu e foi atrás da chefe, com todos os pares de olhos focados nela. Davi sabia que nunca suportaria receber toda aquela atenção, assim como nunca teria coragem de tomar a atitude que Joana tinha tomado.

Ele se pegou sorrindo com admiração ao observar Joana se afastando.

@vidaspretas:

vamos nos encontrar?

@caradaprefeitura:

É você mesmo? Ou alguém invadiu sua conta?

@vidaspretas:

engraçadinho

@caradaprefeitura:

Eu não tô brincando. Me fala qual o pior filme do mundo?

@vidaspretas:

vc não sabe valorizar boa arte

essa pergunta nem merece uma resposta

@caradaprefeitura:

Ok, agora eu acredito que é você. Mas ainda tô confuso.

@vidaspretas:

com o que?

eu disse que um dia a gente se conheceria

@caradaprefeitura:

É, mas eu acho que nunca levei muito a sério.

@vidaspretas:

vc não quer mais?

@caradaprefeitura:

Claro que eu quero! Inclusive, vai ser ótimo ter um nome pra te chamar e um rosto pra ligar a todas as nossas conversas. Mas agora eu tô mais curioso pra saber o motivo de você ter mudado de ideia.

@vidaspretas:

acho que me dei conta de que a vida é curta

eu tô aqui nessa cidade já faz quase seis anos

longe da minha família e com poucos amigos

sei lá, eu ando me dando conta de muitas coisas ultimamente

e uma delas é que não vale a pena me dar ao luxo de não te conhecer

@caradaprefeitura:

Não tá mais com medo da gente estragar tudo num encontro?

@vidaspretas:

não, eu ainda tenho bastante medo disso

tenho 73,7% de certeza de que eu posso estragar tudo

mas eu não quero ficar fantasiando

e pensando no que pode ou não acontecer

eu quero te conhecer

quero poder te dar um abraço

saber como é o seu sorriso

sei lá

eu tô perdendo muita coisa não te conhecendo

RETICÊNCIAS

@caradaprefeitura:

Uau. Eu nem posso acreditar. É muito ridículo eu falar que meu coração tá batendo meio rápido só de pensar em te ver?

@vidaspretas:

não

me ajuda a me sentir menos besta tbm

@caradaprefeitura:

A gente vai mesmo se conhecer?

@vidaspretas:

a gente vai mesmo se conhecer

@caradaprefeitura:

Quando? Onde? Como vamos saber quem somos?

@vidaspretas:

que tal na sexta?

umas 20h, lá na curi doces

e não sei, mas podemos combinar de vestir algo específico

@caradaprefeitura:

Ok. Eu estou disposto a ser o cara segurando um DVD de Homem-Aranha 3.

@vidaspretas:

HUAHUAHAUA

vc vai comprar o filme só pra isso????

@caradaprefeitura:

Tô vendo preço nesse exato momento.

@vidaspretas:

HAUAHUHA

eu gosto do seu empenho, cara

vou entrar nessa tbm

lembra que eu falei que tinha uns brincos parecidos com aquele treco de pedraria azuis que apareceu naquele filme francês chato que vc me fez ver?

@caradaprefeitura:

A TRILOGIA DAS CORES NÃO É CHATA!
Ainda mais o primeiro filme!

@vidaspretas:

tá bom

se ilude aí

mas eu vou usar esses brincos no dia

não chega aos pés do seu empenho

mas já é algo

@caradaprefeitura:

Eu faria bem mais que isso se precisasse. Nem consigo acreditar que esse dia vai realmente acontecer.

@vidaspretas:

vc tá me deixando nervosa!

@caradaprefeitura:

Hahahahahha Desculpa! Só estou ansioso pra te ver.

@vidaspretas:

eu tbm

@caradaprefeitura:

Espero que você não me odeie quando me conhecer.

@vidaspretas:

eu já te conheço

e já te adoro

Joana

Ela nem podia acreditar que estava mesmo prestes a fazer aquilo, um sentimento recorrente nos últimos tempos.

Depois de se demitir da Eskina, mesmo Patrícia tendo tentado convencê-la a ficar, Joana precisou lidar com a realidade de que logo estaria desempregada e sem uma renda fixa. O desespero bateu no instante em que entrou em seu apartamento, lembrando-se do quão agoniante foi o período sem trabalho que passou antes de ser contratada pela agência, mas uma ligação para a mãe já acalmou seu coração. Ela a apoiou e disse que auxiliaria a filha no que precisasse. Ter passado horas e horas enviando currículos para algumas vagas que encontrou na internet também ajudou bastante. Tentaria ser otimista para não ficar tão abalada.

Mas Joana ainda estava surpresa por ter tido coragem de convidar o **@caradaprefeitura** para um encontro. Sim, ela queria que aquilo acontecesse algum dia, mas não esperava que fosse tão cedo — embora seis meses não fosse exatamente um tempo curto. Joana acreditava que um dia, num momento mágico, ela teria certeza de que conhecê-lo pessoalmente seria o certo a se fazer. Ao contrário do que arquitetou sua imaginação, foi no meio de uma noite entediante, vestindo pijama e conversando com o **@caradaprefeitura** sobre o novo filme gordofóbico do momento, que ela decidiu lançar a proposta.

Então, no dia marcado, às oito da noite, Joana caminhou ao lado de Piegas pelos três quarteirões que separavam seu prédio da confeitaria Curi Doces, fingindo não estar tão nervosa quanto sua amiga acreditava.

— Tá tudo bem sentir um friozinho na barriga num primeiro *date*, Jô.

— Isso não é um *date* e eu não tô com friozinho na barriga — Joana mentiu.

— Ah, tá bom que não é um *date*. Me fala, vocês vão ou não se beijar mais tarde?

Piegas lançou a pergunta enquanto as duas atravessavam a rua, e Joana não soube como responder. Ela poderia dizer que não estava interessada nisso, mas não seria totalmente verdade. Claro que conhecer a pessoa com quem vinha trocando mensagens há meses envolvia muitas descobertas diferentes, e beijá-lo poderia ou não ser uma delas. Mas Joana não soaria convincente se dissesse que nunca pensou na possibilidade, ainda mais quando muitas das conversas dos dois terminavam com flertes, comentários ambíguos e menções a beijos.

— A gente vai só se conhecer — ela respondeu finalmente. — Só isso.

— Você tá arrumada demais pra quem "vai só se conhecer".

— Ei! — Joana colocou o dedo indicador na frente dos lábios. — Shhh.

Ela empurrou a cadeira de Piegas por trás, ajudando-a a subir na calçada, num movimento automático. As duas eram próximas e se conheciam há tempo o suficiente para Joana saber que aquilo não a incomodaria, um cenário que mudaria completamente se fosse outra pessoa em seu lugar. Uma vez Jader quis ajudar Piegas — sendo que os dois quase nunca se falavam — com algo que ela não precisava de ajuda, e ele ainda ficou sorrindo de um jeito irritante, como se fosse um grande herói.

Assim que Joana voltou a caminhar ao seu lado, Piegas deu um beliscão no braço dela, vingando-se do silenciamento de antes, e as duas riram enquanto Joana fazia um pequeno drama pelo ataque que nem a tinha machucado de verdade.

— Obrigada por vir comigo — Joana agradeceu quando estavam mais perto da confeitaria.

Piegas abriu um sorriso enorme.

— Jô, eu não ia deixar você encontrar sozinha um possível assassino. Mesmo que isso envolva ter que vir nesse lugar besta.

O ódio de Piegas pela filial de São Baltazar de uma das mais famosas confeitarias do país não era sem motivo. O lugar tinha sido aberto havia menos de um ano e a cidade inteira havia ficado animada com a chegada do estabelecimento. Piegas entrou nessa mesma energia, até chegar ao local e ver que apenas uma escada muito, muito estreita de três degraus dava acesso à entrada da confeitaria. Joana estava com ela nesse dia e dividiu com a amiga a frustração e a raiva de ver mais um estabelecimento sem acessibilidade no mundo.

— Eu deveria ter marcado em outro lugar, mas só consegui pensar nele quando tentei lembrar de um que fosse, ao mesmo tempo, perto de casa e com um clima mais tranquilo, sem ser vazio. Marcar encontros com pessoas que você não conhece ao vivo é complicado.

Piegas meneou a cabeça, rindo, mas Joana ficou séria, sentindo o nervoso que ela negava sentir aumentar cada vez mais. Mais alguns passos e elas estavam perto da porta de entrada da confeitaria. Joana ficou parada ali por um tempo, sentindo seus pés grudarem no chão.

— Não sei se eu tenho coragem.

— O quê? — Piegas perguntou, virando a cadeira de rodas para ficar de frente para a amiga. — Jô, você já veio até aqui. Não vai deixar o cara te esperando, né? Olha, se ajudar, eu vou na janela e olho ele pra você. Que tal?

Aquela era uma ideia excelente. Piegas era uma pessoa muito observadora e saberia dizer se ele tinha cara de psicopata ou algo do tipo. Joana assentiu meio sem coragem e continuou parada no mesmo lugar, enquanto Piegas se aproximava da enorme janela de vidro que ia do teto ao chão, bem ao lado da porta de entrada, mostrando tudo o que acontecia dentro do local. Havia pequenos arbustos enfeitando a frente da parede de vidro, o que a fez precisar esticar um pouco o pescoço para conseguir olhar para dentro da confeitaria. Joana estava pronta para analisar cuidadosamente a expressão da amiga, mas não era necessário ser muito observadora para notar as sobrancelhas grossas de Piegas subirem em surpresa assim que seus olhos encontraram o que procurava. Com a curiosidade vencendo o nervosismo, Joana caminhou para mais perto da amiga e parou em frente à pequena viga de concreto entre a porta e a janela.

— Como ele é? — perguntou Joana, impaciente.

Piegas pareceu pensar um pouco antes de responder:

— Hmmm... Ele tem um rosto amigável, sabe? Parece alguém que trabalharia com a gente lá na agência. Mas não tô falando da galera babaca de lá, alguém legal, alguém com quem poderíamos bater um papo bacana do lado da máquina de café. Eu diria até que ele é alguém com quem a gente almoçaria.

Aquela descrição deixou Joana um pouco mais tranquila.

— Não parece ruim.

— Não é — concordou Piegas, virando o rosto para Joana e mexendo as sobrancelhas sugestivamente. — E ele é bem bonito também.

Joana soltou um riso nervoso, mas logo respirou fundo, tentando não pensar na insegurança que estava voltando a atacar.

— Ok, estou pronta — ela disse, dando um passo para a frente e olhando, pelo cantinho do vidro, para dentro da confeitaria.

Seus olhos vagaram um pouco buscando alguém com um DVD de *Homem-Aranha 3* sobre a mesa, porque o lugar estava bem mais cheio do que ela imaginava. Mas Joana não estava pronta para ver um rosto conhecido bem no meio do salão. Sozinho em uma pequena mesa estava Davi. A princípio, apesar de estranhar a coincidência, ela não viu problema no fato de ele estar ali. Talvez tornasse o seu encontro um pouco mais constrangedor, mas nada de mais.

Joana estava prestes a desistir de sua busca e pedir para Piegas lhe apontar o **@caradaprefeitura**, quando viu Davi mexer no objeto que repousava sobre a mesa. Uma caixinha de DVD. *Homem-Aranha 3*.

Davi

Ele quase não acreditava que tinha mesmo gastado seu dinheiro suado em um DVD de um filme horrível a que nunca assistiria. E uma edição especial, ainda! Encarando a foto do super-herói na caixa sobre a mesa, Davi se questionou se aquilo tinha mesmo sido uma boa ideia.

Sair em encontros não era o seu forte. Ele havia tentado algumas vezes, mas sempre sentia que estava fazendo coisas erradas o tempo todo. Ficava tão nervoso com a situação que mal entendia o que saía da própria boca. Depois de um tempo, tinha resolvido desistir para não ter que passar por tudo aquilo. Mas sua terapeuta estava sempre dizendo que ele precisava voltar a se abrir e *se permitir* mais. Ela não tinha dito que ele devia se jogar em um flerte virtual, as coisas só aconteceram do jeito que precisavam ter acontecido.

— Eu não estava muito otimista com essa sua relação virtual no começo — sua terapeuta tinha lhe dito durante a sessão mais cedo naquele dia. — Porque você fugiu muito de se relacionar com outras mulheres no passado, como já conversamos aqui, e achei que poderia usar a internet como uma toca pra se esconder, sabe?

— Sim, achei que ia fazer isso também. Mas quanto mais a gente conversava, mais eu queria conhecer ela fora da internet.

Sua terapeuta abriu um sorriso enorme ao ouvir aquilo.

— E fico contente de verdade por ouvir isso, Davi! Toda vez que você me dizia que propunha um encontro, eu vibrava. Consegue ver o quanto a gente progrediu?

— Não sei... No fundo, eu ainda tô morrendo de medo.

— Tudo bem sentir medo! É normal. O importante é esse medo não te imobilizar e te impedir de fazer algo que quer. Você sabe que, um tempo atrás, isso podia ter acontecido. Então fizemos, sim, um grande progresso. Estou orgulhosa de você.

— É, acho que você tá certa.

Apesar da conclusão de mais cedo, ele já não estava tão confiante assim. E se **@vidaspretas** estivesse certa e o encontro terminasse com a relação especial que eles tinham? E se acabasse sendo tão desconfortável quanto os outros encontros? E se ela o odiasse? E se ele não fosse tão interessante pessoalmente? E se as palavras ficassem presas na garganta pelo nervosismo? E se? E se? E se? E se?

Davi fechou os olhos e respirou fundo algumas vezes, depois os abriu e encarou a vitrine de sobremesas da confeitaria. Com os olhos presos na tradicional torta de maracujá da Curi Doces, ele fez o exercício que sempre fazia para se acalmar durante crises de ansiedade: repassou na mente seus dez filmes favoritos. *Trilogia das Cores. A cor púrpura. Cinema Paradiso. Cidadão Kane. Metrópolis. Malcolm X. Abril despedaçado. Yume.*

Só de pensar nos nomes já se sentia melhor, mas seu cérebro sempre acabava indo além e o lembrava de cenas, diálogos, fotografia, trilha sonora... Aquele com certeza era o melhor método de afastar a ansiedade latente.

O coração de Davi parou quando o sininho da porta da Curi Doces anunciou a entrada de uma nova pessoa na confeitaria. Ele virou o rosto na mesma hora, tremendo a perna inquietamente. O homem branco e ruivo que entrou não demorou dois segundos para abrir um sorriso e cumprimentar uma garota loira sentada em uma das mesas perto da porta. Davi respirou fundo, tentando de novo se controlar. Sua mão repousou sobre o DVD sem que ele percebesse, como se o objeto fosse uma fonte de tranquilidade.

No fim das contas, apesar de toda ansiedade, Davi estava feliz por terem decidido se encontrar. Ele não via a hora de conhecê-la ao vivo.

Joana

Seu cérebro demorou mais alguns segundos para entender o que estava acontecendo, e mesmo quando achou que começava a compreender, ela continuou confusa.

— É o Davi — murmurou Joana.
— Sim — Piegas confirmou num tom divertido.
— O Davi do trabalho.
— Ele mesmo.
— O Davi é o "cara da prefeitura".

Piegas a empurrou para longe da janela.

— Tá bom, Jô, a gente pode ficar nisso o dia todo — ela disse, segurando a mão da amiga e dando um leve puxão para que Joana a encarasse. — Você tá bem?

Aquela era uma pergunta que ela não sabia como responder. Há um minuto diria "sim", guiada pela alegria que sentia em estar indo conhecer alguém que tinha se tornado essencial em sua vida. Mas agora seus mundos tinham colidido da forma mais inexplicável possível, e Joana ainda não entendia o que estava sentindo.

Davi e o **@caradaprefeitura** eram a mesma pessoa.

Joana vinha se correspondendo há meses com a mesma pessoa que tinha ido trabalhar na Eskina. De todos os cenários que ela tinha arquitetado, aquele era um que nunca tinha lhe passado pela cabeça. Não sabia ao certo se era algo bom ou ruim, se estava bem ou não.

— Jô.

Ao ser chamada de volta para a realidade pela amiga, Joana balançou a cabeça, tentando sair das voltas que sua mente estava dando, e disse:

— Acho que sim. Só é... estranho. Você acha que ele sabia o tempo todo? Que ele foi trabalhar na Eskina por causa disso?

Piegas fez uma careta, parecendo duvidar daquela possibilidade, mas perguntou mesmo assim:

— Alguma vez ele pareceu saber?

— Não. Mas ele podia estar fingindo.

Ela continuou segurando a mão de Joana, ajudando-a a se manter centrada, e virou o rosto rapidamente na direção da janela da Curi Doces.

— Sei lá, Jô, mas não acho que o Davi faria isso.

Apesar de ter levantado a hipótese, Joana concordava com ela. Já tinha ouvido casos bizarros de pessoas que se conheceram on-line e não tinham acabado muito bem. Ela sempre havia se preocupado bastante com isso, na verdade. Era parte do motivo de não ter aceitado encontrar o **@caradaprefeitura** pessoalmente na primeira vez que o assunto surgiu. Mas também não conseguia acreditar que Davi estivesse armando um plano diabólico para conhecê-la. Ele nunca deu sinais de saber quem ela era, e estava sentado naquela confeitaria, parecendo ansioso com a chegada de quem esperava. Nenhum sinal mostrava que Davi soubesse que Joana era **@vidaspretas**.

— Mas é estranho. Mesmo se for coincidência. Não é? — ela perguntou, preocupada.

Piegas deu de ombros.

— Um pouco, mas tudo é possível. — Ela deu mais um puxão suave na mão de Joana e completou: — Entra lá, vocês conversam e você descobre tudo.

Colocando daquela forma, tudo parecia simples, mas era só lembrar quem estava lá dentro lhe esperando que o coração de Joana batucava mais alto no peito.

— Piegas, o que eu vou fazer? — ela perguntou, um pouco desesperada. — A gente trabalha junto há meses, não vou entrar lá, sentar na mesa e falar "é comigo que você troca mensagens!".

— E por que não?

— Porque é estranho! — Ela quase gritou, passando a mão por suas tranças para tentar se acalmar.

— Jô, relaxa. Você precisa entrar lá e contar quem você é. É o mais justo, pra vocês dois.

Como quase sempre acontecia, Piegas estava com a razão. Óbvio que ela não poderia deixar Davi sentado naquela confeitaria pelo resto da noite. Joana odiaria que fizessem algo parecido com ela, então jamais o faria com outra pessoa. Isso sem contar que a pessoa em questão era, ao mesmo tempo, o cara legal de quem ela tinha aprendido a gostar nos últimos três meses e o cara de quem ela vinha se tornando mais e mais próxima através de conversas on-line. Não existia a menor chance de agir com tanta falta de consideração. Ele precisava saber a verdade.

— Ok. Eu vou.

— Quer que eu espere aqui?

Joana negou com a cabeça, apertando a mão da amiga carinhosamente.

— Não, eu resolvo isso — ela respondeu, inclinando-se para a frente e envolvendo Piegas num abraço. — Obrigada por ter vindo.

— Não precisa agradecer. — Piegas afastou um pouco Joana de si para encará-la com as sobrancelhas arqueadas. — Certeza que não quer que eu fique?

Tentando aparentar estar mais controlada, Joana forçou um sorriso.

— Não, tá tudo bem. Pode ir encontrar a Sayuri no cinema.

Piegas hesitou um pouco, mas decidiu acatar o pedido da amiga. Deu mais um abraço rápido em Joana antes de se virar e seguir pela calçada, mas não sem antes dizer alto:

— Qualquer coisa, me liga! E boa sorte!

Joana tinha certeza de que a sorte seria bem-vinda. A situação inteira ainda parecia muito surreal, e ela não sabia como conversaria com Davi sobre isso. E se ele tivesse uma reação péssima? Uma coisa era o **@caradaprefeitura** ser um desconhecido, mas ele saber quem era Joana e eles terem convivido juntos por um tempo mudava tudo.

O **@caradaprefeitura** conhecia aspectos da personalidade e dos pensamentos de Joana que apenas uma pequena porção de pessoas em sua vida conhecia. A confiança que construíram juntos tirou dela qualquer medo de ser quem realmente era nas conversas que tinham. Entrar na Curi Doces e encontrar uma pessoa que só teria essa imagem dela lhe deixava em paz. Porém, não seria essa a situação. Ao atravessar aquela porta, tudo o que Davi veria seria a mulher que trabalhou com ele e com quem tinha brigado algumas vezes — sabe-se lá quais eram suas outras impressões sobre Joana. Os dois estavam sendo amigáveis nos últimos tempos, mas isso não queria dizer que ele seria receptivo ao fato de que que Joana era **@vidaspretas**. Será que ficaria decepcionado?

Naquele momento, tudo o que ela precisava era de coragem. Respirar fundo e entrar na confeitaria para ter a conversa mais estranha da vida. Joana respirou fundo. Ela conseguiria fazer aquilo, ou, pelo menos, foi o que repetiu para si mesma. Mas, apesar da repentina coragem de entrar na confeitaria ter lhe dominado, Joana ainda tinha medo de como seria recebida, por isso decidiu retirar os brincos de pedrarias azuis que disse para o **@caradaprefeitura** que usaria naquela noite, deixando-os guardados na segurança do bolso de seu vestido preto. Meia coragem ainda era coragem.

Antes que mudasse de ideia, Joana subiu as escadas da Curi Doces e abriu a estreita portinha de vidro, desviando o olhar de Davi enquanto entrava na confeitaria. Esperou ficar a alguns passos da mesa em que ele estava para finalmente erguer os olhos para o rapaz e, quando o fez, encontrou-o encarando-a com a testa franzida.

Sem saber como reagir, Joana apenas abriu um sorriso e se aproximou de Davi, fingindo que tudo aquilo era normal e que não estava com frio na barriga.

— Joana? — ele disse, com um tom mais questionador do que qualquer outra coisa. — O que você tá fazendo aqui?

A surpresa de Davi parecia genuína, o que só provou que ele não sabia mesmo quem ela era. Seu olhar, inclusive, fugiu de Joana por alguns segundo quando a porta se abriu e um casal entrou na confeitaria. Davi voltou a fixar sua atenção nela depois disso, parecendo frustrado, mas ainda esperando que ela lhe desse uma resposta. Sem pensar muito, ela o fez:

— Eles têm a melhor torta de maracujá da cidade.

— Ah, sim. — Ele não parecia tão interessado assim na resposta dela, talvez nem a tivesse ouvido.

Aproveitando aquele momento e sua falta de estratégia, Joana apontou para o balcão e caminhou até lá, pedindo a tal torta e usando aquele momento para pensar sobre o que fazer. Seu plano inicial tinha sido seguir o conselho de Piegas e contar para Davi que ela era a pessoa que ele estava esperando, mas talvez não precisasse fazer isso naquele *exato* momento, não é? Poderia usar a situação ao seu favor e testar as águas antes de se jogar inteira no mar. Parecia razoável.

Joana se virou e viu Davi de costas, ainda bastante atento à porta. A cena a fez sorrir um pouco. Ele estava mesmo ansioso para conhecer a **@vidaspretas**. Segurando a fatia de torta de maracujá nas mãos, ela caminhou de volta até a mesa de Davi, sentou-se no lugar vago sem pedir permissão e disse:

— Era de se esperar que, com o casal Curi sendo os melhores confeiteiros do Brasil, o povo falaria mais sobre os doces e menos sobre tudo o que a filha deles faz e deixa de fazer, né?

Davi ficou alguns segundos com os olhos grudados em Joana, piscando repetidas vezes e parecendo confuso demais com a companhia inesperada. Ela não o conhecia há tanto tempo, mas tinha certeza de que ele estava pensando numa maneira educada para pedi-la que se retirasse da mesa.

— Eu não acompanho muito as fofocas dos famosos — ele respondeu, hesitante.

— Essa é meio difícil de não acompanhar, tá sempre em todos os lugares — Joana disse enquanto comia um pedaço da torta. Mais uma vez, a porta fez um barulho estridente ao ser aberta, roubando a atenção de Davi. — Tá esperando alguém?

Parecendo triste com o que não tinha encontrado, ele voltou a encarar Joana e respondeu:

— Na verdade, eu tô sim. Se você não se inco…

— Alguém especial?

As palavras pularam para fora sem que Joana percebesse, e ela nem teve tempo de se arrepender antes de ser dominada pela curiosidade. Ela sabia que não tinha intimidade o suficiente com ele para se meter em sua vida amorosa, pelo menos até onde Davi sabia, mas foi inevitável.

Davi pareceu não se incomodar com a pergunta. Joana acompanhou os movimentos de seus dedos quando ele tocou a capa do DVD que ainda repousava sobre a mesa. Ela precisou conter um sorriso ao se lembrar de que ele havia comprado um filme do qual não gosta só para aquela ocasião.

— Sim — ele respondeu, fazendo o coração dela palpitar um pouco mais forte. — Quer dizer, eu acho que sim. Não sei. É que… — Davi suspirou e fez uma careta antes de continuar: — A gente nunca se viu.

O pedaço de torta que Joana estava prestes a comer quase escapou do garfo quando ouviu essa afirmação. Não esperava que Davi se sentisse confortável o suficiente para falar sobre **@vidaspretas** com ela. Pensar em si mesma como duas pessoas diferentes devia estar afetando sua cabeça, porque ela decidiu seguir com aquele jogo.

— Tudo bem, me explica — ela pediu, recostando-se ao espaldar da cadeira.

Davi hesitou mais uma vez, ajeitando os óculos como sempre fazia e usando esse tempo para refletir. Por fim, disse:

— A gente se conheceu na internet.

Joana estreitou os olhos.

— Você tá sozinho esperando pra ver alguém que conheceu na internet e que nem sabe como é?

Davi entortou um pouco a cabeça e a boca ao fazer uma careta.

— Todo mundo se conhece pela internet hoje em dia.

— Sim, por isso que existe aquele programa *Catfish*.

— Não é o meu caso.

— Você não sabe disso! — Joana afirmou, apontando para ele com o garfo. — E se estiver esperando alguém e chegar outra pessoa completamente diferente do que você imaginou?

Aquela pergunta foi sincera, e Joana precisava saber a resposta. Porém, Davi não estava mais tão aberto ao assunto, coçando a nuca com uma expressão de desconforto estampada no rosto.

— Eu não imaginei nada.

— As pessoas criam expectativas.

— Eu não. E não importa, sei que vou gostar dela de qualquer jeito.

Joana nunca tinha ficado tão grata por ter um tom de pele escuro e que não deixava evidente quando suas bochechas estavam ruborizadas quanto naquele momento, porque ouvir as palavras de Davi fez todo o seu rosto esquentar.

Ela deu mais uma garfada na torta para disfarçar a reação e perguntou:

— Ela tá muito atrasada?

— Não muito.

— Mas tá atrasada.

— Isso não é um problema.

— Pode ser. Você não vai querer começar um relacionamento com alguém que se atrasa no primeiro encontro.

Por algum motivo, antes que seu cérebro pensasse no que dizer, a boca de Joana continuou falando sem parar sobre os possíveis problemas com a **@vidaspretas**, ela mesmo sem entender por que estava fazendo aquilo.

— O problema real é colocar muita pressão no que algo significa ou não em um primeiro encontro — Davi respondeu, sem muita vontade.

Joana comeu o último pedaço da torta, arrependendo-se por não ter mais nada para lhe distrair e pelo fato de o doce, que era a assinatura da família Curi e verdadeiramente saboroso, ter acabado tão rápido.

— Tudo tem um significado — rebateu ela. — Até primeiros encontros.

Davi respirou fundo e abaixou os olhos na direção do prato vazio de Joana.

— Você terminou sua torta. Já vai embora?

— Tô incomodando?

— Não. Só tô preocupado com você voltando pra casa tarde.

— E eu preocupada com a sua segurança encontrando essa estranha.

— Não fique, eu sei me cuidar.

— É isso que toda vítima diz antes de ser assassinada.

Davi fez uma careta.

— Você tá bem mórbida hoje, Joana.

— Só tô tentando ajudar.

— Obrigado, mas eu dispenso.

A porta fez barulho novamente. Davi encarou-a no mesmo instante, do mesmo jeito que tinha acontecido das outras vezes. Ao ver a frustração voltar ao rosto do rapaz, Joana disse:

— Ela não vai aparecer magicamente se você olhar para a porta.

— Eu sei.

— Talvez ela seja... aquela mulher.

Joana apontou na direção de uma senhora de cabelos brancos e pele enrugada que estava sentada sozinha numa mesa de canto. Ela comia um bolo com muita calma enquanto lia um livro.

— A pessoa que eu tô esperando não é branca, não é magra e nem *uma senhora de 80 anos*.

— Que você saiba. — Davi revirou os olhos, mas Joana continuou a brincadeira. — E aquela ali?

Relutante, ele olhou na direção apontada e sua linguagem corporal se tornou menos desanimada ao ver a garota encostada na parede perto do balcão. Ela tinha um cabelo crespo volumoso, algumas mechas cor-de-rosa espalhadas aqui e ali. Sua pele era mais ou menos do mesmo tom que a de Davi e ela também não era magra. Na verdade, seu corpo parecia bastante com o de Joana.

Quando percebeu que tinha escolhido alguém que batia com as poucas características que Davi conhecia de **@vidaspretas**, Joana se arrependeu. Ela não estava fazendo aquilo para enchê-lo de expectativas. Na verdade, nem sabia direito o que estava fazendo...

Davi se remexeu na cadeira, pronto para se levantar a qualquer momento, mas antes que Joana precisasse intervir, um rapaz se aproximou da moça e lhe deu um longo beijo nos lábios em cumprimento.

Ao ver como Davi parecia desapontado, Joana foi tomada por nervosismo e decidiu tentar animá-lo da pior forma possível: continuando a brincadeira.

— Talvez seja a atendente?

Ainda sem se mover, Davi apenas enrugou a testa e devolveu com outra pergunta:

— Por que ela me chamaria para o lugar em que trabalha e não viria falar comigo?

Joana levantou as sobrancelhas e sorriu ao concluir:

— Pra te observar atentamente. Como uma *serial killer*.

O efeito procurado com certeza não foi encontrado, porque Davi não pareceu achar graça naquele comentário. Ela não estava surpresa, também não daria risada se fosse ele. Seu nervosismo estava fazendo com que agisse como uma besta.

— Ou então…

— Você não tem coisa melhor pra fazer? — interrompeu Davi, cruzando os braços e visivelmente irritado.

— Pior que não. Não fiz planos pra essa noite.

— Talvez devesse ter feito.

— Acho que foi melhor assim. Agora eu posso acompanhar de perto no que vai dar o seu encontro.

— Na verdade, acho que é melhor você ir embora.

— Mas eu posso te ajudar.

— Como? Você tá aí, me zoando e achando graça em me torturar. Tá mais uma vez sendo aquela pessoa irritante, que não ouve os outros e tira as próprias conclusões de tudo. Por que você não cuida da sua vida e vai pra casa pensar nos seus problemas, em vez de ficar aqui me enchendo a paciência?

Os olhos de Davi se encheram de arrependimento assim que ele terminou a frase. Joana recebeu um balde de água fria, não só pelo comentário feito — que lhe lembrou tanto de coisas que preferia não ter lembrado quanto de todos os atritos que os dois haviam tido — como por perceber o quanto tinha bagunçado aquela noite e a cabeça de Davi. Não havia a menor chance de contar a verdade naquele momento. Ou talvez nunca.

— Joana…

Ela levantou a mão para interromper Davi e forçou um sorriso.

— Tá tudo bem.

Joana se apressou em levar o prato de sobremesa ao balcão, pagou a conta e caminhou rapidamente até a saída, dando um "tchau" apressado para Davi antes de sair. Suas pernas continuaram se movendo automaticamente até o prédio onde morava, enquanto sua mente parecia povoada por um grito incessante.

Não era nada disso que ela tinha imaginado que aconteceria naquela noite. Ela não esperava encontrar Davi. Queria não ter deixado suas emoções tomarem conta, agindo daquele jeito fora de controle. Queria não ter irritado Davi ao ponto de ele lhe dizer o que tinha dito, as palavras que a magoaram mais do que estava disposta a admitir. O encontro que ela imaginou que seria perfeito se tornou um pesadelo, e não sem sua ajuda. Ela não sabia o que faria em relação ao **@caradaprefeitura** e Davi dali em diante.

@caradaprefeitura:

O que aconteceu?

Davi

Ele estava começando a ficar assustado com todo o tempo que tinha perdido naquela manhã olhando para o celular. Tinha um texto pela metade na tela do computador, mas não conseguia se concentrar para terminar de escrever. Estava com sorte por nem Ana Clara, nem Manuela estarem no escritório naquele dia, ou já teria levado uma bronca pela falta de atenção.

Já fazia alguns dias desde o encontro marcado com **@vidaspretas**, ao qual ela nunca apareceu, deixando Davi pensando em todas as possibilidades horríveis que explicariam sua ausência. Talvez ela tivesse se arrependido do encontro e desistido de ir. Talvez tivesse se arrependido de Davi num geral. Talvez algum acidente tivesse acontecido no caminho. Talvez o tivesse visto, se desinteressado e ido embora. Seu cérebro, às vezes, era um parque de diversões para paranoias.

Davi havia mandado uma mensagem para ela logo que saiu da confeitaria, mas não tinha recebido nenhuma resposta até então. Foi só naquela manhã, quando abriu a conversa entre eles, que viu o angustiante *"Vidas Pretas está digitando…"* e seu dia todo foi condenado por causa daquelas reticências.

Mesmo gostando muito das aulas de gramática no colégio e de ter uma profissão que o obrigava a escrever constantemente, Davi nunca pensou que pudesse desenvolver um sentimento tão forte e real por um sinal gráfico. As reticências tinham conquistado um poder imenso em sua vida. Eram aqueles pontos, piscando e piscando e piscando durante longas conversas, que o faziam sorrir enquanto esperava por novas mensagens. Tinham contato direto com sua ansiedade e lhe causavam reações físicas, do calor na nuca ao frio na espinha.

A mensagem daquela manhã, assim como **@vidaspretas** no encontro marcado, nunca chegou, mas Davi não conseguia parar de pensar no que ela queria ter dito, no que estava pensando em lhe escrever, em quais seriam suas desculpas. De qualquer forma, como tinha dito para sua terapeuta, não achava que deveria mandar outra mensagem antes que ela se manifestasse. Ela não tinha ido ao encontro e estava ignorado sua primeira mensagem. Não era uma questão de ego ou orgulho, Davi só acreditava que precisava respeitar a si mesmo nessa situação.

Ele desligou o celular, decidindo que não pensaria mais naquilo, e tentou voltar ao trabalho. Até mesmo colocou os fones de ouvido para ocupar a mente com música enquanto os dedos digitavam. Escolheu ouvir a playlist que, teoricamente, servia para se distrair em situações ruins, a com uma gatinha usando orelhas de coelho como foto de capa. Ele preferiu não se lembrar de quem tinha lhe passado aquela seleção de músicas. Davi não era muito fã do estilo das canções, mas elas estavam cumprindo bem seu propósito, então não reclamaria.

Ele tinha acabado de finalizar o primeiro texto de quase mil palavras quando viu Joana sair pela porta da sala de Patrícia. Ela já tinha limpado sua mesa e seu último dia oficial na Eskina havia sido alguns dias antes do desastre na Curi Doces, mas Davi tinha se esquecido de que ela precisava voltar para resolver burocracias com o RH.

Aquela era a primeira vez que ele a via depois de ter lhe dito aquela estupidez na confeitaria. Davi estava ansioso por tudo o que aquela noite significaria e não aguentava mais as perguntas e brincadeiras de Joana, mas nada daquilo era desculpa para ter feito um comentário tão rude. Ele não queria se lembrar do tempo que passou na Eskina sabendo que Joana o odiava, e muito menos das discussões que haviam protagonizado, mas mesmo assim foram comentários desnecessários sobre essa época que escaparam dele do pior jeito possível. Precisava consertar pelo menos um dos problemas causados naquela noite.

Levantando-se de seu lugar e dando passos acelerados para alcançar Joana antes de ela sair do escritório, Davi chegou perto da jovem e segurou seu braço com delicadeza. Assim que seus dedos tocaram a pele de Joana, ele sentiu o mesmo choque que tinha sentido há alguns meses. Não era algo inédito, mas ele se surpreendeu por acontecer pela segunda vez. Ela se virou, esfregando o lugar que ele havia tocado.

— Oi, Davi — Joana disse, sorrindo de um modo pouco convincente.

— Me desculpa — Davi pediu, soltando as palavras rápido, uma quase tropeçando na outra. — Pelo que eu disse aquele dia na confeitaria. Desculpa.

— Davi...

— Não, de verdade — ele a interrompeu. — Eu fui um otário, estava nervoso e acabei descontando em você. Não devia ter dito o que disse. Me perdoa.

Joana entortou a boca, parecendo avaliar melhor o que ele estava dizendo. Davi daria o mundo para saber o que se passava na mente dela, e depois se assustou com a própria curiosidade. Óbvio que não ser odiado pelas pessoas era um de seus anseios, mas o nervosismo que tomou conta de Davi enquanto esperava por uma resposta foi diferente das outras vezes que estivera naquele tipo de situação. Ele nem ao menos sabia que precisava tanto assim que Joana não só não o odiasse, mas *gostasse* dele.

— Bom — ela disse —, eu também devia te pedir desculpas. Sei que tava enchendo a paciência com meus comentários.

Um sorriso de alívio surgiu no rosto do rapaz.

— É, um pouco, mas isso não é motivo pra eu ter sido grosso daquele jeito.

Joana levantou uma de suas sobrancelhas, sorrindo.

— *Um pouco?*

Davi coçou a nuca, rindo.

— Tudo bem, não foi o nosso melhor momento.

— É, eu tenho tido vários dos meus piores momentos com você. Talvez a gente deva evitar contato pra essas coisas não acontecerem mais.

— Eu não quero isso. — Ele colocou uma das mãos sobre o peito dramaticamente. — Tem sido ótimo ter momentos horríveis contigo.

Davi ficou satisfeito por ter sido responsável pelo sorriso lindo que surgiu no rosto de Joana.

— Você diz isso agora, mas espera até o destino te trancar comigo numa sala de novo.

— Não ia ser tão ruim.

Ela levantou uma sobrancelha, segurando uma de suas tranças ao dizer:

— Óbvio, porque eu tenho um cabelo cheiroso, né?

Davi fez uma careta ao se lembrar de quando tinha dito aquilo e Joana riu. Todas as vezes que os dois tinham bons momentos como aquele, ele ficava feliz por perceber o quanto era fácil estar com Joana. Na verdade, mesmo quando os dois estavam discutindo havia um traço daquela sensação, porque Davi sentia uma estranha liberdade para dizer o que pensava, algo que não costumava sentir com muitas pessoas. Óbvio que isso nem sempre rendia boas decisões, mas era curioso como ele não se anulava quando estava com Joana, mostrando-se como realmente era.

E aqueles olhos. Eles envolviam Davi de um jeito que ele não conseguia nem explicar. Eram brilhantes, intensos e pareciam dispostos a enxergar tudo o que a outra pessoa não queria contar. Talvez por isso fosse fácil ser sincero com ela. Não existia espaço para fingimentos quando se estava sob seu olhar.

Joana pigarreou, quebrando o contato visual silencioso que já durava bastante tempo.

— Mas isso pode ter um lado bom — disse Davi, tentando voltar ao rumo da conversa.

Ela estreitou os olhos.

— Você se ver livre de mim?

— Não — ele respondeu, rindo. — Algo bom pra sua vida profissional. Quer dizer, ficar sem trabalhar é horrível e o número de pessoas desempregadas no Brasil cresce cada dia mais, principalmente de pessoas negras e…

Joana franziu a testa, tentando não sorrir.

— Obrigada, eu tô realmente vendo o lado bom de tudo isso.

— O que eu quero dizer — continuou Davi, sorrindo — é que você pode tentar fazer algo de que goste mais. Quem sabe até dar mais foco pra sua verdadeira paixão, aquela que você me disse que achou que seria seu ganha-pão hoje em dia. Sabe, é aquela velha história de uma porta se fecha, uma janela se abre.

Joana assentiu, parecendo compreender o que ele dizia, e sorriu.

— Talvez você esteja certo, Davi.

— Pode ser uma surpresa pra você, mas eu sou bom em dar conselhos.

— Não é uma surpresa.

Joana voltou a encará-lo de um jeito intenso, tragando-o com seus olhos castanhos. Ou talvez fosse ele, incapaz de parar de prestar atenção em todos os detalhes do rosto dela. Fazia muito tempo que ele não se sentia daquele jeito ao conversar ao vivo com alguém, invadido pela vontade de continuar mais tempo por perto, encostar de novo em seu braço e absorver o calor de sua pele, sentir aquele cheiro agradável do cabelo dela. Ele não sabia o que estava acontecendo, mas ficou desapontado quando Joana deu um passo para trás e disse, apontando para a saída:

— Eu preciso ir, mas a gente se vê.

Davi abriu um sorriso sincero.

— Sim, a gente se vê.

Ele continuou olhando para ela enquanto saía e foi mais uma vez surpreendido por seus próprios sentimentos. Davi sentiria falta da presença de Joana durante o tempo que ainda lhe restava na Eskina. Ficaria triste de não ver mais o seu sorriso todos os dias, nem sentir o perfume de suas tranças. Não esperava se dar conta disso, mas, num tempo curto, Joana tinha deixado uma marca forte em sua vida.

@vidaspretas:
> oi, sumido

@caradaprefeitura:
> Bem original.

@vidaspretas:
> não sabia o que dizer
>
> nem sabia se vc ia me responder

@caradaprefeitura:
> Acho que eu não deveria.

@vidaspretas:
> justo
>
> eu entendo se vc me odiar

@caradaprefeitura:
> Eu não te odeio.

@vidaspretas:
> vc poderia
>
> e deveria

@caradaprefeitura:
> O que aconteceu naquele dia?

@vidaspretas:
> achei que ia demorar mais pra me perguntar

@caradaprefeitura:

Acha mesmo que eu não ia querer saber? Eu fiquei te esperando por horas.

@vidaspretas:

desculpa por isso

não era minha intenção

@caradaprefeitura:

Me deixar lá sozinho que nem um besta?

@vidaspretas:

vc não tava sozinho

@caradaprefeitura:

O quê?

@vidaspretas:

eu fui lá

apareci na confeitaria naquele dia

eu te vi sentado numa das mesas

também vi a garota que tava contigo

@caradaprefeitura:

Calma, o quê? Foi por isso que você não ficou?

@vidaspretas:

ela tava sentada na sua mesa, né

@caradaprefeitura:

Aquela era a Joana, que trabalha comigo. Trabalhava, na verdade. Ela só apareceu lá do nada e conversamos. Não era um encontro nem nada do tipo.

@vidaspretas:

vc parecia bem entretido com ela

@caradaprefeitura:

Bom, sim, porque ela estava propositalmente tentando me tirar do sério e era mais fácil ficar bravo com ela do que ficar sendo comido pela minha ansiedade, sem saber se você apareceria ou não. Eu acabei até sendo um babaca com ela.

@vidaspretas:

vc?

eu duvido

é impossível vc ser um babaca com alguém

@caradaprefeitura:

Mas eu fui. Já conversamos e acho que estamos bem, mas não fui nada legal naquele dia. Depois eu só terminei a noite me sentindo mal, tanto por você não ter aparecido, como por ter sido grosso com ela.

@vidaspretas:

de novo: desculpa por não ter ficado

eu só fiquei insegura e achei melhor ir embora

@caradaprefeitura:

Eu não acredito que você foi embora porque me viu com a Joana!

RETICÊNCIAS

@vidaspretas:

bom, ela era linda

e vc parecia muito entretido com a conversa

@caradaprefeitura:

Sim, porque ela não parava de dizer absurdos só pra me provocar, foi meio difícil ignorar.

@vidaspretas:

mas vc concorda que ela é linda, né?

e consegue imaginar o que passou pela minha cabeça?

@caradaprefeitura:

Tudo bem, eu entendo que deve ter sido estranho me ver com ela. E sim, a Joana é realmente muito bonita, talvez uma das pessoas mais bonitas que eu já conheci, mas isso não quer dizer nada. Além do mais, por que eu seria burro de aparecer em um lugar que tinha marcado de te ver com outra pessoa? Não faz sentido.

@vidaspretas:

eu sei

eu não tava pensando direito

@caradaprefeitura:

Eu não acredito que você ficou esse tempo todo sem falar comigo por causa disso!

@vidaspretas:
> desculpa!

> meu ego tava meio abalado

> foi difícil não vir falar contigo

> várias vezes eu abria nossa conversa

@caradaprefeitura:
> É, eu também. Mas eu te mandei uma mensagem depois do cano que você me deu e, como não respondeu, achei melhor não mandar mais. Eu não queria ser chato.

@vidaspretas:
> é, desculpa por isso tbm

> foi o maior tempo que ficamos sem nos falar desde que nos conhecemos, né?

@caradaprefeitura:
> Sim, foi uma tortura. E a gente ainda perdeu a chance de se conhecer.

@vidaspretas:
> vamos ter outra oportunidade

> não vou te dar mais bolo

@caradaprefeitura:
> Ei, espera. Foi por isso que marcou comigo numa confeitaria?

RETICÊNCIAS

@vidaspretas:

HAUHAUHAUHAUA

uau

sua mente foi longe agora

eu não tava planejando te dar um bolo!!!!!

quer dizer

literalmente, talvez

figurativamente, não!!!!

@caradaprefeitura:

Hmmmm. Ainda acho suspeito. Vou ficar bem esperto com o lugar que você escolher pro próximo encontro.

@vidaspretas:

isso quer dizer que vc me perdoa por ter sido uma besta?

@caradaprefeitura:

Isso quer dizer que eu nem sei como ficar muito tempo com raiva de você. E que eu entendo como tudo ficou confuso fora de contexto. E que eu não aguento mais de saudade de falar contigo. Sim, você está perdoada.

@vidaspretas:

eu realmente não mereço vc <3

@caradaprefeitura:

Pela primeira vez eu vou concordar contigo nessa.

@vidaspretas:

vc é um anjo, cara

merece o mundo

@caradaprefeitura:

Não tô tão interessado no mundo, mas aceito outro encontro contigo.

@vidaspretas:

justo

quando e onde?

@caradaprefeitura:

Você vai aparecer dessa vez?

@vidaspretas:

vou

juro

@caradaprefeitura:

Me perdoa por não ser tão confiante e ter que ver pra crer.

@vidaspretas:

HAUHUA

tudo bem

eu dei motivos

mas escolhe um lugar que eu apareço

RETICÊNCIAS

@caradaprefeitura:
> Sabe a feirinha gastronômica que vai rolar na praça da matriz?

@vidaspretas:
> acho que ouvi falar disso

@caradaprefeitura:
> Tava pensando em ir e não tinha companhia. Quer ir?

@vidaspretas:
> então só tá me chamando pq não tem outra pessoa pra ir contigo?

@caradaprefeitura:
> Não abusa.

@vidaspretas:
> AHUAHUAHUA
>
> ok desculpa
>
> mas eu topo
>
> a gente se vê lá
>
> eu até levo rosas pra me desculpar

@caradaprefeitura:
> Ótimo, porque vai me ajudar a saber quem você é, e já que você me viu e sabe como eu me pareço, vou deixar aquele filme horrível em casa. Ou no lixo.

@vidaspretas:
> às vezes eu acho que vc só diz essas coisas pra me magoar

@caradaprefeitura:
> HAHAHAHAHAHA

@vidaspretas:
> yes!
>
> te fiz rir!

@caradaprefeitura:
> Infelizmente eu sou fraco, me falta ódio. E também tava com saudade demais de você pra fingir que não estou feliz de estarmos nos falando de novo.

@vidaspretas:
> <3
>
> ansiosa pra estar com vc

@caradaprefeitura:
> Eu também. Então até sábado?

@vidaspretas:
> até sábado

Joana

"Tudo vai dar certo dessa vez" foi o mantra que Joana repetiu milhares de vezes ao acordar naquele sábado, mesmo quase não tendo pregado o olho durante a noite. De alguma forma, o segundo encontro estava deixando a garota ainda mais nervosa do que o primeiro. Dessa vez, ela tinha medo de que Davi a odiasse ao descobrir que a pessoa que brigou com ele e o ignorou por semanas no trabalho era quem iria encontrar.

Ela não queria dar asas a esse pensamento, então decidiu gastar sua energia em outras coisas. Saiu de casa logo cedo para ir à floricultura que ficava na esquina de sua casa e optou não por uma rosa, como tinha dito a Davi, mas por um cravo cor-de-rosa. Também preferiu não fazer um buquê nem nada do tipo — aquela única flor era suficiente para o que Joana precisava.

Quando voltou para casa, passou horas tentando escolher o que vestir. Nada parecia certo, então acabou optando pela peça menos odiada: um vestido todo branco que ela tinha comprado há meses, embora aquela fosse ser a primeira vez que o vestiria. Não gostava muito do comprimento, ele terminava mais ou menos no meio da canela, mas as mangas ficavam meio caídas no ombro e o tecido segurava bem o busto. Sem contar que ela sempre gostou de como sua pele escura se realçava em tecidos claros. Gastou mais algum tempo fazendo a maquiagem, escolhendo a sandália perfeita, enfeitando as tranças com anéis dourados e procurando pelo brinco de ouro que sua mãe tinha lhe dado de aniversário. O processo todo causou um pequeno atraso, mas valeu a pena.

Antes de sair de casa, Joana já estava nervosa. Ao colocar os pés na pracinha da cidade e se dar conta de que finalmente contaria a verdade para Davi, ela sentiu um arrepio percorrer todo seu corpo. Quase apertou o cravo entre os dedos ao pensar em como faria essa revelação.

A feira gastronômica estava repleta de pessoas. Quase todos os moradores de São Baltazar decidiram fazer o mesmo programa que Davi. O cheiro das mais diversas comidas enchia o ar, e Joana quase se distraiu com uma barraquinha de espetinhos de morango. Quase. Seu foco ainda se mantinha e, sendo bastante persistente, não demorou mais do que dez minutos para achar Davi naquele lugar.

Ele estava encostado à parede da igreja, bem no fim da feira, olhando para os lados sem parar. Joana já o tinha visto vestir aquela mesma camiseta cinza com a camisa xadrez verde por cima. Assim como aquele jeans escuro não era surpreendente, ou o tênis que usava no trabalho, ou os óculos quadrados que sempre levava no rosto. Ela sabia que o reconheceria em qualquer lugar, com o cabelo sempre perfeito e os olhos brilhantes. Ainda era difícil de acreditar que o **@caradaprefeitura** era alguém em quem ela vinha prestando atenção há um tempo.

Reunindo toda a coragem que ainda tinha em si e sentindo seu coração palpitar mais forte a cada passo, Joana colocou as mãos para trás e escondeu a flor nas costas ao se aproximar de Davi, que só notou sua presença quando ela parou bem ao seu lado.

— Joana?

Ela sorriu, apertando o caule do cravo entre os dedos para tentar se controlar.

— Oi, Davi.

— Veio para o festival?

Joana olhou ao redor, vendo todos aqueles rostos desconhecidos e felizes.

— Sim, combinei de encontrar uma pessoa aqui.

Essa resposta foi o suficiente para acabar com o estranhamento de Davi, afinal, São Baltazar não era a maior cidade do mundo e nem tinha muitos outros programas para se fazer.

— Alguém da Eskina?

Joana pensou um pouco antes de responder:

— Na verdade, sim. E você?

Ele pressionou os lábios, hesitando em responder, uma atitude que ela compreendia depois de toda a situação na confeitaria.

— Se eu contar talvez você comece a falar sobre assassinato ou algo assim de novo.

Joana riu.

— Ahhh, a garota misteriosa!

— Isso, mas sem julgamentos. Sério, Jô, nenhum. Zero.

Aquela era a primeira vez que ele a chamava de Jô. Soava bem em sua voz e ainda lhe dava um friozinho no estômago.

— Não vou julgar — ela prometeu. — Eu entendo.

Davi estreitou os olhos ao perguntar, desconfiado:

— Desde quando?

— Desde que você abriu meus olhos sobre a possibilidade de encontrar pessoas que não sejam *serial killers* na internet.

— E como eu fiz isso?

— Só... — Ela deu de ombros. — Sendo você mesmo.

Davi a encarava com a testa enrugada. Aqueles olhos castanhos não desgrudavam de Joana, deixando-a ainda mais inconformada: como ela pôde não saber que o dono do olhar mais doce que já tinha visto era também o autor das palavras mais amáveis?

— Isso não faz o menor sentido — Davi concluiu, meneando a cabeça.

Aquela era a hora. Não tinha por que esperar mais, eles já tinham esperado muito tempo. O coração de Joana batia tão forte que ela tinha a impressão de que todos podiam ouvi-lo. Davi continuava encarando a garota, esperando por uma resposta, e, apesar do medo de não saber onde aquilo daria, ela tirou lentamente as mãos de trás das costas e mostrou o cravo rosado. Davi fitou a flor, mas continuava confuso. Joana suspirou antes de começar a se explicar:

— Eu ia trazer uma rosa, mas a internet me disse que cravo também é bom pra um pedido de desculpas, e que o cravo cor-de-rosa, em especial, significa que você nunca vai se esquecer da pessoa pra quem dá a flor. Achei conveniente depois do tempo sem responder sua mensagem.

Joana estendeu a mão que segurava o cravo e a aproximou do peito de Davi. Aturdido e ainda sem entender o que estava acontecendo, ele manteve os olhos presos à flor. Aceitou o presente, pegando-a entre os dedos, e levantou a cabeça para encarar Joana novamente.

— Eu não sei... Quer dizer, o que...

Ela deu um passo para a frente, colocando a mão no próprio peito, e explicou da maneira mais simples que conseguiu:

— Vidas Pretas. — Joana sentiu o frio na barriga piorar ainda mais quando Davi franziu a sobrancelha, mas continuou, apontando para ele em seguida: — Cara da prefeitura.

Ele encarou a mão de Joana por um longo tempo, depois voltou a atenção para a flor que segurava, mas seus olhos terminaram inexpressivos e fixos no rosto da jovem.

— Isso é uma piada? — ele perguntou, desnorteado.

Ouvir aquilo fez o coração de Joana doer um pouco. Ela sabia que Davi não entendia o que estava acontecendo e que tudo parecia uma grande armação, sabia porque foi exatamente isso que havia pensado também ao descobrir quem ele era. Mas ouvi-lo dizer "piada" reanimou sua insegurança.

— Não.

— Não pode ser — ele murmurou, sem tirar os olhos de Joana.

— Eu pensei a mesma coisa quando te vi na confeitaria.

Ele balançou a cabeça algumas vezes, seus óculos escorregando um pouco pelo nariz e o cravo apertado entre os dedos. Joana ficou em silêncio, observando Davi começar a entender a situação, o que ela soube que aconteceu ao ver os olhos do rapaz se arregalarem um pouco.

— Como é possível? — sua dúvida saiu em um sussurro.

Joana deu de ombros. Ela tinha se feito aquela mesma pergunta algumas vezes nos últimos tempos, mas não sabia como e por que o destino tinha decidido brincar com os dois daquela forma.

— Calma — ele pediu um pouco alterado. — Você sabe que sou eu desde o dia na confeitaria? E não me disse nada?

Joana fechou os olhos por uns segundos e assentiu, fazendo uma careta. Ela sabia como aquilo soava e não podia ignorar sua culpa naquela questão.

— Eu não sabia como te dizer — ela tentou explicar.

— E aí você só ficou lá sentada, falando várias coisas sem sentido.

— Eu tava nervosa.

— Eu *também* tava nervoso! E fiquei mais ainda achando que você não tinha aparecido!

O tom de voz de Davi ressaltava o quanto aquilo o havia magoado, e ela sabia que tinha dado motivos para isso. Também teria odiado que tivessem escondido algo assim dela.

— Eu sei — Joana concordou. — E sinto muito por isso. Só não soube como reagir. Nem sabia se você ia aceitar bem a ideia de eu ser a pessoa que você tinha ido encontrar.

Ele passou a mão livre na nuca e respirou fundo. Joana não sabia se ele estava nervoso ou apenas perdido com todas as novidades, mas ela nunca tinha visto Davi amassar o seu cabelo perfeitamente alinhado entre os dedos, como estava fazendo naquele momento. Os olhos do rapaz se fecharam por um tempo e Joana teve certeza de que aqueles segundos duraram uma eternidade inteira.

— Eu não acredito que era você esse tempo todo — disse Davi, ainda com os olhos fechados e em um tom suave.

— Também não acreditei. Apesar de você amar mesmo filmes chatos.

Ele voltou a encará-la na mesma hora que Joana disse aquilo. Não parecia bravo ou decepcionado. Um pouco do medo que ela sentia de que ele talvez saísse correndo a qualquer momento diminuiu. Davi parecia enxergar sua alma, o que ela não duvidaria, sabendo do quanto eles se conheciam. Mantendo os olhos fixos em Joana, ele afirmou:

— É estranho olhar pra você e lembrar das nossas conversas.

Joana sorriu, enrugando o nariz.

— Difícil de juntar as duas pessoas, né?

— Sim. Não consigo imaginar você emocionada assistindo a *Velozes e Furiosos*.

Ela fechou a cara de repente, levantando o indicador e as sobrancelhas para mostrar a seriedade no que dizia:

— Eles são uma família!

Suas palavras conseguiram arrancar um riso baixo de Davi, e aquele ruído delicado era tudo o que Joana precisava para recarregar suas esperanças. O olhar que ele dedicava a ela era mais leve, e foi preciso muita força de vontade para não esticar o braço e acariciá-lo na bochecha. Joana só queria tocá-lo e confirmar que tudo era real.

Davi olhou para o cravo mais uma vez e girou o caule entre os dedos, brincando com as pétalas da flor.

— A gente tava perto esses últimos meses sem saber de nada.

Ainda era estranho para ela também entender isso.

— E uma parte desse tempo a gente ainda passou brigados.

— Enquanto conversávamos todos os dias.

Joana riu baixinho, lembrando-se das vezes que estava irritada com Davi e usava o seu tempo com o **@caradaprefeitura** para se distrair, se rodeando de boas conversas e sentimentos. Esse tempo todo, Davi tinha sido a causa e a solução dos seus problemas.

— Bizarro, né?

Parecendo perder o interesse no cravo, ele levantou o rosto e repuxou os lábios em um pequeno sorriso que fez o coração de Joana pular três vezes mais rápido.

— Foi muito tempo desperdiçado.

Davi colocou a flor no pequeno bolso da camisa, ajeitando-a com cuidado e deixando Joana ainda mais feliz. Se ele se importava o suficiente para não jogar aquele presente no chão e ir embora, talvez nem tudo estivesse perdido.

— É muito horrível que seja eu?

A intenção era que a pergunta soasse como uma brincadeira, mas ela não conseguiu controlar a verdade em suas palavras, e Davi percebeu. Os olhos dos dois se encontraram e todo o resto parou. Não havia um milhão de pessoas andando para lá e para cá pela feira. Não havia berros de vendedores, nem latidos de cachorros. Joana não se sentia capaz de tirar Davi de sua vista, porque ele era tudo o que ela queria ver naquele momento.

Parecendo entender os pensamentos dela, Davi deu um passo para a frente, aproximando-se ainda mais dela, as pontinhas dos narizes dos dois não se tocando por poucos centímetros. Ele suspirou, esticando a mão para acariciar o braço de Joana, espalhando um arrepio na pele que tocava, e, por fim, Davi encaixou sua mão na dela, apertando-a suavemente.

— Acho que mereço uma resposta — foi tudo o que ela conseguiu murmurar.

Davi sorriu, mas não por muito tempo. Aproximando o rosto do de Joana, ele roçou os lábios nos dela e repousou a mão em sua cintura, trazendo-a para mais perto de si. Joana quase explodiu de alegria ao jogar os braços ao redor do pescoço de Davi e acompanhá-lo no ritmo perfeito do beijo que há muito prometiam.

Era diferente de todos os sonhos que Joana já havia tido sobre aquele momento. O toque de Davi lhe causava mais sentimentos do que ela poderia imaginar, estar entre seus braços fazia seu peito explodir em alegria e nada seria capaz de tornar aquele momento menos mágico. Tudo estava acontecendo exatamente como deveria ser, e ela sentia isso em seu coração.

Eles se afastaram, sorrindo, e como se seus atos não fossem o suficiente, Davi respondeu:

— Eu tô feliz que seja você.

Davi recostou sua testa na de Joana, nenhum dos dois conseguindo parar de sorrir. Foram meses idealizando como seria estar na presença um do outro. Meses vendo seus sentimentos se aprofundarem cada vez mais. Meses em que estarem abraçados como naquele momento, com os lábios unidos em um beijo doce, não passava de um sonho para um futuro incerto. Mas agora que Joana tinha provado da felicidade de tê-lo ao seu alcance, podendo tocá-lo e sentir sua presença, ela sabia que faria tudo em seu poder para não perder aquilo nunca mais.

Não era nenhuma novidade, mas algo que Joana ainda não tinha tido coragem de afirmar para si mesma até aquele momento era que **@vidaspretas** estava apaixonada por **@caradaprefeitura**. E, com os dedos enroscados nos de Davi, ela soube que o seu coração estava igualmente perdido, mas não se arrependia de nada. Joana era e sempre seria grata por todos os caminhos tortos e surpreendentes que haviam guiado os dois até aquele momento.

Joana:
eu escolho o filme que vamos ver hoje

Davi:
Jô, eu não vou assistir a *Homem-Aranha 3*.

Joana:
VC TÁ PERDENDO UMA PARTE IMPORTANTE DA CULTURA HUMANA, DAVI!

Davi:
Prefiro continuar na ignorância, obrigado.

Joana:
Davi, já faz quase um ano que a gente namora e vc ainda não se deu ao trabalho de conhecer a coisa que eu mais amo no mundo inteiro

Davi:
Você também não quis ir comigo nos shows das minhas bandas favoritas.

Joana:
Deus me livre

Davi:
Viu?

Joana:
tá bom

vamos ver algum do Nicolas Cage mesmo então

Davi:

É por isso que você não pode escolher os filmes.

Joana:

o que vc tem contra filmes boooons?????

Davi:

Nada. Você que não sabe quais são eles.

Joana:

😮😮😮

Davi:

Ok, você pode escolher um filme ruim para gente ver.

Joana:

filme bom*

YEEEES!

não esquece de comprar pipoca!

Davi:

Não esqueço.

Joana:

eu te amo <3

Davi:

Também te amo.

Playlists citadas

Músicas para canalizar a raiva e a tristeza no trabalho e te salvar da demissão
http://bit.ly/musicascanalizar

Músicas para ouvir como trilha sonora dos seus sonhos de vingança que nunca serão reais
http://bit.ly/musicasvingança

Músicas para te distrair quando estiver numa situação absurda que preferiria ter evitado
http://bit.ly/musicasdistrair

Agradecimentos

Quando tive a ideia de escrever *Reticências* (sim, eu estava revendo o filme *Mensagem para você* na hora), nem imaginava todas as portas que essa história me ajudaria a abrir. Este livro existir hoje, publicado pela Alt, é a concretização de um sonho do qual muitas pessoas fizeram parte, e sem elas eu não teria chegado aqui.

Primeiramente gostaria de agradecer uma das pessoas que mais esteve ao meu lado nessa trajetória, desde muito antes da publicação independente de *Reticências*. Tassi, obrigada por todo apoio e parceria, eu estaria perdidinha sem você como melhor agente que uma autora poderia ter.

Obrigada à Veronica por ser uma editora incrível e por acreditar no meu trabalho, assim como a todo o time da Alt pela oportunidade de levar a história da Joana e do Davi para mais pessoas. E gradeço a todos os profissionais que trabalharam para deixar esse livro o melhor que ele pode ser!

Agradeço à Laura Pohl por sempre estar pronta para dizer "apaga tudo e escreve de novo", me fazendo sofrer, mas sempre ajudando a tirar o melhor de mim. À Mayara Mayumi por ter conversado comigo sobre *Nana* um dia no bandejão. À Rebeca Kim, que foi importante demais na construção de *Reticências*, me ajudando com a Piegas e sendo entusiasta desse livro como um todo.

Eu nem sei se ainda estaria investindo na carreira de autora sem o apoio do meu Quilombinho. Lavínia, Lorrane e Olívia, vocês são importantes demais e sou grata por sempre me ouvirem, me dando força para continuar e para fofocar. Juntas sempre!

Obrigada a Iris, Mareska e Bárbara, por estarem sempre prontas para jogar uma luz no meu caminho, seja para compartilhar experiências sobre o mercado editorial ou sobre a vida. Obrigada ao ABBA, por ser um grupinho tão importante e que me acolhe sempre! E à AFB, por sempre estar pronta para me apoiar e compartilhar fotos de bichinhos.

Um obrigada enorme a todos os leitores que apoiam meu Catarse e continuam acreditando em mim e no que eu escrevo. Vocês são incríveis!

Agradeço aos meus pais por sempre terem me feito acreditar que eu podia alcançar os meus sonhos e nunca questionaram minhas escolhas. E aos meus irmãos, por estarem sempre presentes e prontos para me ajudar, mesmo sendo chatinhos, rs. À Regina, por ser minha outra irmã, e à Iolanda, por toda a alegria. Amo vocês!

E, claro, sou grata a você, que deu uma chance para essa história. Espero que Davi e Joana continuem no seu coração por muito tempo, assim como eles ficarão para sempre no meu.

Vire a página para ler uma entrevista com a autora de *Reticências*, Solaine Chioro

ALT: O que te levou a escrever a história da Joana e do Davi?

Solaine: Eu estava assistindo ao filme *Mensagem para você* (pela milésima vez) e me deu muita vontade de escrever algo sobre pessoas que se conhecem pela internet e ao vivo sem saber que são as mesmas pessoas. Teve uma parte em específico que me atiçou ainda mais, que é quando o protagonista "brinca" com a protagonista que o cara com quem ela troca e-mails pode ser um homem bem gordo, como se fosse a pior coisa que poderia acontecer (uma "piada" presente em duas outras versões mais antigas dessa história, o filme *A loja da esquina* e o musical *She Loves Me*). Isso me deixou bem incomodada, então decidi que escreveria uma versão da história, mas com protagonistas gordos e sem que isso fosse uma questão.

ALT: A primeira edição de *Reticências*, publicada de forma digital e independente, era menor e um pouco diferente. Como foi revisitar a história para esta nova edição?
Solaine: Foi um pouquinho complicado no começo. Foi a primeira vez que precisei voltar para uma história que já tinha sido publicada e lida por várias pessoas, então fiquei preocupada de não conseguir manter a energia que os leitores já conheciam. Também achei que não ia conseguir voltar para a voz da Joana e do Davi, mas logo que comecei a pensar em como ampliar a história, escrever os dois foi natural. No fim, acabou sendo uma experiência bem legal, e estou contente com o resultado.

ALT: Como foi misturar prosa e mensagens em redes sociais no mesmo livro? Alguma parte foi mais complicada de escrever?
Solaine: Foi divertido! Escrever trocas de mensagens é meio parecido com escrever diálogos, que é uma das minhas coisas favoritas. Em relação a esse formato, não acho que teve uma parte mais complicada que a outra, mas pensando na história no geral, o encontro da Curi Doces foi onde mais quebrei a cabeça. Precisei pensar muito em como dar o tom certo para a cena, e fazer esse balanço foi meio complicado.

ALT: Você trouxe algo da sua vida pessoal ou da vida das pessoas ao seu redor para criar os personagens dessa história?
Solaine: Acho que tudo que escrevo tem algo de mim e das pessoas que conheço. Em *Reticências*, eu coloquei no Davi muito da forma como lido e vivo com a ansiedade. E o amor

da Joana por filmes questionáveis, principalmente a forma que ela fala sobre *Velozes e Furiosos*, tem um toque de alguns amigos meus (vocês sabem quem vocês são).

ALT: De onde veio a ideia de um Solaineverso? Você pode contar um pouquinho sobre ele?
Solaine: Foi algo meio natural. Eu estava pensando na história de um projeto e percebi que havia outras histórias dentro dele que queria explorar mais, aí acabei sentando e planejando esses outros projetos também. Basicamente são algumas histórias que se passam no mesmo universo, tendo alguma ligação entre si, apesar de se sustentarem sozinhas. *Reticências* está dentro desse universo e tem alguns fiozinhos aqui que pretendo puxar no futuro.

ALT: Você disse que *Mensagem para você* foi uma inspiração para escrever essa história. Quais são as suas comédias românticas favoritas?
Solaine: Essa é difícil, são muitas, mas vamos lá: *10 coisas que odeio em você*, *A princesa e o plebeu*, *O casamento do meu melhor amigo* (que eu sei que nem todo mundo vai concordar que é uma comédia romântica, mas essa é a minha verdade!), *A nova cinderela* e *Como perder um homem em 10 dias* (apesar de ter vários problemas e eu reconhecer todos eles, acabo sempre revendo).

ALT: E qual é o seu clichê favorito de comédia romântica?
Solaine: Eu amo quando o casal se odeia no começo e depois se apaixona, mas também amo quando precisam viver um relacionamento falso (pontos extras se forem

pessoas que se odeiam *e* que precisam viver um relacionamento falso!).

ALT: Uma cena cheia de tensão entre Joana e Davi é quando eles ficam presos na sala de xerox e têm que lidar com os conflitos entre os dois. Qual é a sua cena preferida (além dessa) em que personagens acabam trancados no mesmo lugar e têm que resolver seus problemas?
Solaine: Eu sinto que isso acontece em tantas coisas, mas sempre tenho dificuldade de lembrar exemplos. A primeira que me vem à mente é uma cena da *Malhação* de 2002 em que os protagonistas, Júlia e Pedro, ficam presos no vestiário do clube. Eu não lembro de quase nada dessa temporada, mas a cena ficou presa na minha cabeça. Também tem o filme *Operação cupido*, que não é um casal, mas as duas meninas que se odeiam são colocadas juntas numa cabana e lá se aproximam. O livro *Aliança de casamento*, da Jasmine Guillory, também tem uma cena ótima no elevador! E no livro *Quinze dias*, do Vitor Martins, apesar de os personagens não ficarem exatamente "presos", existe a aproximação forçada e é perfeito!

ALT: O que você espera que os leitores levem de *Reticências* para a vida?
Solaine: Além de que se divirtam e sintam o coração quentinho, espero que consigam se identificar com as questões dos personagens e que isso traga aquela sensação boa de perceber que você não é a única pessoa passando por algo. Também sempre escrevo histórias de romance esperando passar a mensagem de que qualquer um pode viver algo assim se desejar.

ALT: Importante: você gosta do terceiro filme do Homem-Aranha?
Solaine: Acho que a Joana é a única que responderia "sim" para essa pergunta.

CONFIRA NOSSOS
LANÇAMENTOS, DICAS DE
LEITURAS E NOVIDADES
NAS NOSSAS REDES:

 @editoraAlt

 @editoraalt

 www.facebook.com/globoalt

Este livro, composto na fonte Fairfield,
foi impresso em papel pólen soft 70 g/m² na gráfica COAN.
Tubarão, Brasil, julho de 2021.